ここはボツコニアン　2

魔王がいた街

宮部みゆき

集英社文庫

使用上のご注意
（作者からのお願い）

- 本作品は、確実にこの世界ではない世界を舞台にしていますが、ほぼ確実に正統派のハイ・ファンタジーにはなりません。ご了承ください。
- テレビゲームがお好きでない方にはお勧めできないかもしれません。ご了承ください。
- テレビゲームがお好きな方には副作用（動悸、悪心、目眩、発作的憤激等）が発症する場合があるかもしれません。ご了承ください。
- 本体を水に濡らさないでください。
- 電源は必要ありません。但し、暗い場所では灯火を点けることをお勧めいたします。
- プレイ時間1時間ごとに、10～15分程度の休憩をとる必要はありません。
- 作者がクビになった場合、強制終了する恐れがあります。その際は、全てなかったことにしてお忘れください(泣)。
- 本作の挿絵画家は少年ジャンプ+の若手コミック作家なので、あるとき突然ブレイクして超多忙になり、こんな挿絵なんか描いてらんねェよモードに入ってしまう可能性があります。その場合は少年ジャンプ+をお楽しみください。
- セーブする際はページの右肩を折ってください。本体を折り曲げるのは危険です。
- 本作は完全なフィクションです。あまり深くお考えにならないことをお勧めいたします。

目次

ピノ

フネ村に両親と暮らす
12歳の少年。
ピピとは〈双極の双子〉。
ちなみにピノが弟。

［双極の双子とは］モルブディア王国のエネルギー源である魔法石が秘めている二種類の力──解放する〈正〉の力と破壊する〈負〉の力──を持っている双子のこと。一方が正の、もう一方が負の力を持つため、一緒にいると力が引き合ったり反発し合ったりして、大変なことになる。

青春21フリーパス
モンちゃん王様がくれた
国内自由通行票。

ベスト
怪物を食べた
わらわらが吐いた
糸でできた青たん色のベスト。
着心地抜群。いくつかの
潜在能力が隠されている
らしい。

DATA
◉特徴：眠たがり屋だが、
運動神経がよくすばしっこい。
くちぐせは「根本的」。
くちは悪いが姉さん想いの
優しい一面も。愛読書は
「少年ジャンプ」（ピピも！）。
くれるというものは
もらうのが信条。
◉弱点：気が散りやすい。
お腹の冷え。
◉特殊技：ジャンピング料理術
（ただし目玉焼きのみ）。

リュックサック
ピノのリュックには
腹巻きが入っている。

目玉焼き戦士の専用武器
王様からもらった長靴の
戦士専用装備。
別名サニーサイドアップ。
つまりはフライ返し。

長靴
モルブディア王国では、
12歳の誕生日を迎えた子供の枕元にゴム長靴が現れるという
しょぼい奇跡があるのだが、その長靴が〈当たり〉だと、
〈選ばれし者〉として冒険に旅立たねばならない。これを履いていると、
ボッコニアンの真実が見えてくるらしい。ピノは黒いゴム長。

登場人物紹介
CHARACTERS

「ボッコニアン」の世界

トリセツの説明によると、ボッコニアンとは「文字通り、〈ボツ〉によって作られている世界なのでございます」。主人公ピノとピピ（以下、ピノピ）たちが暮らす世界〈ボッコニアン〉は、本物の世界から日々吐き出される〈ボツネタ〉（＊主にテレビゲームネタ）が集まり積み重なって成り立っているという。そんなできそこないの世界をより良い世界にするため、〈伝説の長靴の戦士〉として選ばれたのが双子のピノピ。ゴム長を履いてこの世界を旅し、本物の世界へ通じる手がかりを探すのが長靴の戦士の使命なのだ。

ピピ

**ピノの双子の姉。
フネ村に引っ越してきたばかり。ピノとは離ればなれで育ち、
羊牧場を営むおじいちゃんおばあちゃんと暮らす。**

DATA
◉特徴：強気だけど素直。
声がデカい。ついでに顔もデカくて、お月様のような丸顔にまん丸ほっぺ。
人生の黄金律は「下着は毎日取り替える」。
好きなものは毛皮。
◉弱点：わらわら。読書。
◉特殊技：わらわらの使役魔法

耳わっか飾り（イヤー・カフ）
トリセツとの交信機。

**駆け出し魔法使いの杖
空きスロット２**
王様からもらった長靴の戦士専用装備。新しい魔法を２種類まで杖に蓄えられる。
グリップには滑り止めつき。

橡の杖
王都の地下迷宮でゲットした魔法の杖。使役魔法レベル５。

ペンダント
双極のエネルギーを中和する。
裏についている小さなスイッチを使うことで、
自分たちの力をコントロールし、「こんなことをしたい」と意図すると、力がそれに従ってくれる。
また、アイテムの説明もしてくれる。

赤いゴム長

トリセツ

**世界の取扱説明書。
小さな子供がお絵かきで描いたような黄色い花の植木鉢だけど、
それは仮初めの姿らしい。
精霊より上等（トリセツ談）。
ボツコニアンの全てを知り、
本物の世界の知識を持ち合わせている……ハズ。**

DATA
◉特徴：植木鉢なのにしゃべる。
葉に棘を隠し持つ。テレポート移動ができ、しょっちゅういなくなる。
回復アイテムではない。
◉弱点：眩しい日差し。
◉特殊技：光魔法、サンフラワー。
要するにくるくる回りながら光を放って周囲を照らす。

クレジット

イラストレーション
高山としのり

本文デザイン
坂野公一
welle design

ここはボツコニアン 2
魔王がいた街
Here is BOTSUCONIAN 2
Miyuki Miyabe

第４章
魔王がいた街

突然ですが。

「小説すばる」の編集長が替わりました。

こんな小説の連載を許してくれた胸に輝く度胸星の編集長は、風と共に去りぬ。作者もクビを覚悟したのですが、タカヤマ画伯の画力のおかげで延命となりました。無事、こうして第4章を書いております。

ちなみに、前編集長は更迭《こうてつ》ではありません。出世しました。

何故《なぜ》だろう?

新編集長は、頭まわりのサイズとカラオケの音量が大きなヒトです。どうぞよろしくお願いいたします。

水の街アクアテク。

何度かこの名称を書きましたが、やっとたどり着きました。村長がもとどおりの善人になり、平和を取り戻したカラク村で、トラクターを貸してもらったおかげです。モノがモノなのでスピードは遅いですが、野を越え山を越えぐいぐい進めるので、最短距離をとることができたピノピなのでした。

アクアテクは水と緑の街。デン湖という大きな火山湖の畔《ほとり》にあり、湖水を引いた水路が縦横に街中を巡っている。住民たちはボートやゴンドラを生活の足として使っている。

さあ出番だ、**頼むぞタカヤマ。**ずばり、ベニスとニースとジュネーブを足して三で割ったみたいな感じでよろしく。カリフォルニアもちょっと入っててもいいかも。

この街は、モルブディア王国随一の観光都市である。火山湖があるくらいだから温泉も湧《わ》き、湖畔にはリゾートホテルが建ち並んでいる。ここを訪れるのは国民ばかりではなく、外国からの観光客も多い。他国の政財界の要人や有名人の別荘もあり、実はモルブディア王国の外貨の三割方は、この街が稼いでくれているのだ。

というわけで、素朴な田舎《いなか》の子であるピノピにとっても、ここは憧《あこが》れの街。思いがけない寄り道でヘンテコなヒトやモノを見ちゃったせいもあり、トラクターの座席からアクアテクの街が見渡せるようになったあたりからもうワクワクしていたピピなのだけれど——

どうも、ピノが元気ない。

移動中にまたＨＰが尽きてしまうといけないと、マッドだけど親切なルイセンコ博士が、三回まで使うことのできるヒーリング・ボックスを作って持たせてくれた。道中では適宜それを使用してきたので、二人ともステータスバーはノーマルな状態を維持している。カラク村を救って（というか村をピンチにした元凶を連れてきて）くれてありがとうということで、出立《しゅったつ》に際しては村人たちが携帯食糧を山ほどプレゼントしてくれた。おかげでお腹《なか》も心地よく満タンだ。

なのに、なぜかピノは不機嫌だ。それも、アクアテクが近づくにつれて口数が少なくなる様子で、何か考え込んでいるようでもある。

実はこの姉弟《きょうだい》、落ち着いて考えてみれば、赤ん坊のときに離ればなれになり再会してからはまだ日が浅いので、お互いのことをよくわかっているわけではないのだ。これまではノリに任せてそんなことを気にしてこなかったけれど、

——ピノ、どうしたのかなあ。

密《ひそ》かに訝《いぶか》るピピには、訝るための材料が少ないので、考えてもすぐ行き詰まってしまう。

——もうホームシック？

地形はだいぶ違うが、鄙《ひな》びてのんびりした村だという点ではフネ村を思い出させるカラク村に立ち寄ったことで、里心がついたのか。

困ったときはあれに頼ろうということで、トラクターを運転するピノの肩に軽く手を置き、さりげなくペンダントに触れてみると、

——しめっぽくてあったかいところは、もうすぐ♪

青たん色のベストの嬉《うれ》しそうな思念が伝わってきただけだった。

「ピピ姉《ねえ》、何してンの？」

「いよいよアクアテクに行けるから、ベストが喜んでるよ」

笑ってごまかした。

そういえばルイセンコ博士は、このベストにいたく興味を示していた。モンスターを食い尽くしたわらわら様たちが吐いた糸でできているのだと説明すると、「どうりで！」と、納得した。

「このベストにはいくつかの潜在能力が隠されておる。どんな能力で、いつ発現するか、ワシのラボに持ち帰って一ヵ月も研究すればはっきりさせられると思うのだが、駄目かの？」

もちろん駄目なので断った。

「博士、ラボなんか持ってるんですか」

「当然じゃ」

『ＣＳＩ：マイアミ』の舞台になっているマイアミ・デイド署のラボみたいな最先端の施設だそうだ。ところで作者はＣＳＩの三シリーズを見比べるだに、本家本元のラスベガスの施設と備品がいちばん古くて見すぼらしいようで気の毒でしょうがないのですが、皆さんはいかがですか。

作者が余計なおしゃべりをしているうちに、トラクターはアクアテクの街の入口についた。観光都市だから閉鎖的なイメージがあってはいけないので、王都のように城壁に囲まれているわけではないが、外国からも人が大勢来る街なので、一応、正規の出入口は二ヵ所に限られており、どちらにもゲートと事務所があって、出入国と通関手続きもできるようになっている。

〈アクアテクへようこそ！〉

万国旗に彩られた事務所のロビーは、ほどよく空調も効いている。確かに戸外は、あったかいというよりやや蒸し暑いくらいだし、日差しも強い。

これまで書くのを忘れていましたが、王都を出るときモンちゃん王様が国内自由通行票〈青春21フリーパス〉なるものをくださったので、ピノピはすんなりアクアテクに入れた。ただし、トラクターは事務所に預けることになった。

事務所から一歩外へ足を踏み出すと、そこはもう水と緑と陽光の街。ピピが歓声をあげて背伸びすると、風もないのに、着用している青たんベストの裾《すそ》がはたはたする。そして、何だかエネルギーが湧いてくるようだ。

ピピはペンダントでチェックしてみた。

——HP回復中、HP回復中。

どうやらこの環境下では、歩いているだけで衰弱するというダメダメな設定から解放されそうである。あれ？　もしかするとこれがベストの潜在能力なのかな。何か条件をクリアすれば、湿っぽくて暖かくない場所でも、この機能が働くようになるのかも。

「ねえピノ、気がついた？」

振り返ってみたら、ピノの姿がない。ゲートと事務所前の広場は人で溢《あふ》れている。

「ピノったらどこに――」

いるのよ？　と大声を張り上げるまでもなく、青たんベストが目に飛び込んできた。広場の一角にある市街地案内板の前にたたずんでいる。この街の人たちは、住民も観光客も一様にカラフルで露出度の高いファッションなので、ピノピはとっても目立つのだった。

「ピノ、どうしたの？」

駆け寄ると、ピノは３Ｄ表示になっている案内板のボタンを押しまくりながら、口をへの字に曲げている。眉間《みけん》にも皺《しわ》を寄せている。３Ｄは美しいけれど、表示を切り替えるたびにいちいち〈なう　ローディング〉の文字が点滅して、時間がかかるったらありゃしない。だが、ピノの渋い表情は、そのせいではなさそうだ。

素敵な案内板だが、住民には無用の長物だろうし、道行く観光客たちは手に手に色とりどりのパンフレットや地図を持っており、こんな面倒なものにいちいち頼る必要がないのだろう。ピノピの独占だ。周囲の目を気にせずに、ピピは思いっきりピノの頭の横っちょをペチン！　と張った。

「痛《い》テぇ」

やっと我に返った弟に、ピピは鼻先がくっつくくらいに迫った。

「あんたって、何ていいたたまれない子なのかしら」

「な、何だよ」

「白状しなさいよ。いったいこの街に何があるの？　それとも誰かいるの？　あんたの屈託の原因は何よ」

ピノは頭を掻《か》いて、口を尖《とが》らせた。「別に、屈託なんてもんじゃねえよ」

「嘘《うそ》おっしゃい。ずっとふさぎ込んでるかと思ったら、今度はこれよ。北海道の道路みたいに真《ま》っ直《す》ぐなんだもん、バカでもお見通しよ。どうしたっていうのよ」

もしかして——と、ピピは胸に手をあてて身じろぎした。

「あんたの本当の両親がこの街に住んでいるとか？」

ピピはここまで作者が書いてきたストーリー展開を忘れているようです。

「ピピ姉こそ正気か？」

「何よ、その言い方は」

言い合いをしているところに、ちりんちりんと鐘を鳴らしながら、四色のパステルカラーに塗り分けられた車が通りかかった。アイスクリーム屋さんだ。

「あれ、買ってあげるからしゃべりなさいよ。いいわね？」

さて、アイスクリーム一個と交換可能なピノの打ち明け話とは。


なだらかなデン湖畔、ゴンドラのステーションもある芝生の美しい公園で、ピノピは光る湖面に目を細めながら、並んでベンチに腰をおろし、足をぶらぶらさせている。

「オレが七歳のときだから、五年前のことだけど——」

切り出したピノは、既にアイスクリームを完食。

「ていうかピピ姉、いちいちメモるな！」

ピピは渋々エンピツをしまった。

「ちょうど新学期が始まるときに、友達がいなくなっちゃったんだ」

ピピは目を細めつつ横目になるという器用な技を見せた。「女の子ね？」

ピノはこっくりとうなずいた。

「いなくなったって、失踪《しっそう》したの？」

「まさか！　そんな物騒なもんじゃねえよ。引っ越したんだ」

だけど、ピノの前からはいなくなっちゃったわけで。

「フネ村の近所の子で、幼なじみだったんだ。ずっと一緒だったから……」

「あんた、寂しくなったわけね」

　また、殊勝なこっくりこ。

「どうしてもフネ村を出ていかなくちゃいけないのかって、オレ、訊《き》いたんだ。うちで一緒に住めばいいじゃんかって」

「ちょっとちょっとちょっと待ちなさい。早すぎるわよ。なんでいきなり同棲《どうせい》話になるのよ」

「いや、だってさ。その子は親父《おやじ》さんとおふくろさんが離婚することになって、うちの家族はもうバラバラだ、あたしはこの世で独りぼっちで、どこにも行くところがないとかって言ってたから」

　──オレのうちに来ればいいじゃんか。

　と、ピノは言ったわけなのである。

「それより、お父さんかお母さんのどっちかについていくという現実的な選択肢がまずあるんじゃないの？」

　ピノは言いにくそうに──そして今でも辛《つら》そうに、小声で呟《つぶや》いた。「どっちも、その子を引き取りたがらなかったんだ」

　子供には酷《ひど》い親権争いではなく、その真逆。子供を押しつけ合う両親だったわけだ。

「子供にそんな冷たい仕打ちができる両親なんて、あたしには信じられないけど」

「オレもだよ。パレの親父さんもおふくろさんも、ちっちゃいときからよく知ってたんだから」

ピノの幼なじみの女の子の名前は、〈パレ〉というのである。

「いろいろ面倒な事情があったんだけど」

その複雑な事情について語ろうと息を整えるピノを制して、ピピは言った。「原因は浮気ね」

「ピピ姉、気が早い」

「子供まで捨てようなんて、それしかないわよ。どっちが浮気したの？　あるいは両方が浮気したの？　え？」

怒っています。

「――パレのおふくろさんが、ね」

夫のほかに好きなヒトができました。

「その新しい恋人ってのは、狭いフネ村のことだから、お互いによく知ってる間柄の男で」

しかもパレ母と新恋人は、パレ母がパレ父と結婚する以前に付き合っており、今般の不倫沙汰《ざた》は、いわゆるひとつの「焼けぼっくいに火がついた」現象だったのだ。

「だもんだから、パレの親父さんは、パレが自分の子供じゃないんじゃないかって疑い始めちゃって」

新恋人の方は、「そんなの濡《ぬ》れ衣《ぎぬ》だ！」と怒る。パレ母も否定する。だが頭に血が上っちゃったパレ父は聞く耳を持たない。俺は俺の人生を取り戻すとか何とか宣言して、さっさとフネ村を出ていってしまった。

「そりゃ大変だけど、だったらパレはお母さんと新しいお父さんと一緒に暮らせばいいんじゃないの？」

「そうはいかなかったんだ。パレのおふくろさんの恋人は、このますんなりパレを引き取っちゃうと、昔からずっと浮気していて、パレが自分の子供だって濡れ衣を認めることになるから嫌だって」

今度はピピの目が据わり、吐き捨てた。**「ケツの穴の小せえ男だぜ」**

マジで怖かったので、ピノはしばらく黙っていました。

「それで？」ピピはため息をついて、促した。「パレはどうなったのよ」

「親戚《しんせき》の家に引き取られることになったんだ。おふくろさんの従妹《いとこ》の旦那《だんな》の義理の弟のオヤジさんのはとこの奥さんの妹の家族」

ちょっと考えてから、ピピは助言した。

「ピノ、そういうときは単に〈遠縁〉と言えばいいのよ」

その遠縁の家族がアクアテクの住民で、デン湖でとれる魚の料理で有名なレストラン

を経営しているというのである。

　なあんだと、ピピはぽんと手を打った。

「じゃ、会いに行こうと思えば今すぐにでも行けるじゃない。五年ぶりの再会よ。パレだってきっと喜ぶよ」

　ピノはしおしおと首を振る。

「駄目なの？　会いたくないの？」

「パレはオレに会いたがらないよ」

「何でそんなことがわかるのよ？」

「言ってたもん」

　——人間なんて信じられない。誰も、誰一人、この世にあたしの味方はいない。あたしはこれから、誰にも心を許さない。

「無理もないだろ。七歳の子供が親に捨てられたんだぞ」

「でも、あんたはパレの薄情な親じゃないでしょ。幼なじみじゃないの」

「だから、そんなオレでさえ、いつ心が変わるかわからない。そんなの絶対に嫌だから、もう二度と誰とも仲良くならないって、あいつ、宣言したんだ」

二人はしばらく押し黙り、湖に浮かぶ色とりどりのゴンドラや、ウォータースポーツを楽しむ人びとの歓声を聞いていた。

「でも、さ」

気を取り直したように顔を上げて、ピピはピノを見た。

「結局、パレはその遠縁の家族のところに行ったんでしょ。アクアテクに引っ越したことは間違いないのよね?」

「うん」

「だったら、五年間その家の人たちと仲良く暮らしてきて、今頃は彼女の気持ちも変わってるかもしれないよ。そんな遠縁の子供を引き取ろうっていうのは、きっと子供好きの優しい人たちなんだろうから」

今度はピノがため息をついた。「それはそうだろうけど、パレの方がなあ」

そもそも、パレは養子話に乗り気じゃなかったのだ。あたしは一人で放浪者になって生きていくとか言い張っていたのだ。

「それが、遠縁の家がアクアテクにあるって聞いた途端に、考え直したんだ」

「素敵な街だもんね」

「違うよ。あれ？　ピピ姉、知らねえの？」

何を知らないのでしょうか。

「アクアテクは、魔王伝説で有名な街でもあるんだよ」

素朴な田舎の子であるピピは、ぽかんとした。「それ、学校で習うこと？」

「いンや。神話っていうか、伝説だから」

「あたしと同じように素朴な田舎の子であるあんたが、何でそんな伝説を知ってるの？」

「パレが教えてくれたんだ。あいつ、本の虫だったから」

アクアテクの魔王伝説とは、

「遥《はる》か古《いにしえ》の時代、アクアテクのあるこの場所に、魔王の居城があったんだってさ。デン湖は、魔王がこの世の出来事を映して見る巨大な鏡だったんだけど、魔王がこの地を去る際に、湖に変えて残していったんだって」

今は水着姿の若い女性たちが溢れております。

「だからさ、この街は魔王と縁が深くて、魔王に関する文献とか史跡とかがいっぱい残ってるんだ。パレはそれに惹《ひ》かれたんだよ」

「惹かれてどうするの？」

――あたし、いつか魔王に会う。

ピピは目を瞠《みは》った。「会ってどうするの？」

「魔王の強大な力を使って、不実な心を持つ穢《けが》れた人間で溢れているこの世界を滅ぼすんだって」

また別のアイスクリーム屋さんが来た。今度の鐘はちんちんと鳴っている。

「ありふれ過ぎ。そのシナリオ、ボツよ」

ピピが笑い出し、ピノはまた頭を掻く。

「でもオレ、パレからその話を聞いたときには、ホントにおっかなかったんだよ」

この世界、ボッコニアンの実態を知りつつある今では、ちょっと感想が違う。

「確かにありきたりな設定だから、ボツだよな。でも、だからこそこの世界にも魔王がいて、その気になれば会うことができるっていうのも、信憑性《しんぴょうせい》が上がらねえか？」

「まあ、魔王はそこらじゅうにいるからね」

作者も数多《あまた》の魔王と戦って参りました。

「だけど、ボッコニアンの魔王だよ。たいしたことはできないんじゃない？」

ピピの仰《おお》せのとおりだと、作者も愚考いたします。

「そもそも、古の時代に、魔王はなんでこんなところにいたの？」

ピノは考えてみたこともなかった。

「温泉があるからとか」

ボッコニアンの魔王らしいなあ。

「魔王ってどんな存在？　何をするの？」

「普通は、だからパレが言うように、強大な力で世界を滅ぼそうとするんじゃねえの」

「そんなまっとうな魔王が、ボッコニアンにいると思う？」

言って、ピピはぴょんとベンチから飛び降りた。

「四の五の言ってないで、とにかく行こうよ。お店の名前は？　場所はわかってるんでしょ？　さっき調べてたんだから」

するとピノは、逸《はや》るピピの青たんベストの裾を引っ張った。

「それが、ちょっと変なんだ」

〈カンラガンラ〉というそのレストランが、存在していないのだという。

「案内板で検索をかけたら、一応、該当《がいとう》の住所が点滅するんだよ。けど、〈営業中止〉って。しかも〈カンラガンラ〉のある街の一角は、今、再開発特区とかってものに指定されてるらしい」

「だったらなおさら、直接行って確かめてみなくっちゃ」

歩き出したピピは、あたしの弟って、意外とナイーブなところがあるじゃない？　と思っていた。

――パレって女の子、よっぽど可愛《かわい》いのかしら。

姉の立場とはいえ、ちょっとメラメラするものが立ち上ってくるのであった。

再開発特区は、巨大なフェンスにぐるりと囲まれていた。観光都市の雰囲気をできるだけ損なわないよう、デン湖を始め、街の主要な観光スポットの絵が描かれたフェンスの内側では、盛んに機械音がしている。大きなクレーンが何本も立っている。土埃《つちぼこり》が舞い、重機のうなりが足元から伝わってくる。

〈立入禁止〉

大々的な看板が出ている。しかも要所要所に警備員が立って見張っている。試みに、このなかに友達の家があるんですけど——と、子供らしい顔をして尋ねてみたら、

「この区画には、今は誰も住んでないよ。関係者以外入れないよ」

しっしと追われてしまった。

「しょうがないね。ピノ、もっと話のわかる警備員さんが見つかるかもしれないし、ぐるっとフェンスを一周してみよう」

穏当な提案に聞こえるが、その前に杖《つえ》を構えて警備員にわらわらをかまそうとしかけたピピは、公僕の高圧的な態度には非常に厳しい市民なのであった。

うっかり口を開くと、土埃がじゃりじゃりする。二人は黙々と歩いた。

フェンスに沿って、一定間隔で、〈立入禁止〉の看板が登場する。だがそれだけではない。住民用の掲示板も立っている。あの３Ｄの立派な案内板とは違って、杭《くい》に板を打

ち付けただけの簡素なものだ。雨避《あめよ》けがないので、そこに貼り出されたポスターやチラシの類《たぐい》は、風雨にさらされて退色したり、破れてぶら下がってしまっている。

フネ村にもこういう掲示板はある。村役場からのお報《しら》せとか、農作物の品評会の告知とか、もろもろの情報が入れ替わり立ち替わり掲示される。

だがここの掲示板には、フネ村では一度も見かけたことがない種類のものが貼り出されていた。それも一枚や二枚ではない。

三つ目の掲示板を通過すると、ピノピは堪《たま》りかねて、ほとんど同時に口を開いた。

「いったい何事?」

二人を驚かせたチラシには、すべて〈Missing〉と書かれているのだ。行方不明者の情報を求めるチラシなのである。

「しかもこれ、みんな女の子よ」

七歳から十三歳までの、可愛らしい女の子ばかりである。失踪時期は、この一ヵ月ほどのあいだだ。いちばん最近の女の子は、三日前に学校の帰り道で姿を消している。

幼い女の子たちの連続失踪事件——誘拐かもしれない。

「街のほかの場所じゃ、こんなチラシ、見かけなかったよな?」

ピピは剝《は》がれかけている一枚を貼り直し、深くうなずいた。

「きっと、アクアテクのイメージが悪くなると困るから、隠してるのよ」

観光で成り立っている街である。

「ピノ、作戦変更だ。市庁舎へ行こう」

アクアテクは行政単位としては〈市〉なのである。

「トリセツもいるはずでしょ。詳しいことを聞き出そうよ」

二人が走って向かった市庁舎は、白亜の壁に青い三角屋根を戴《いただ》く時計塔の姿が美しい。

と、その時計塔の真下にある小さな窓から、何か黄色いものがちらりと覗《のぞ》いて、

「あ、やっと来ましたね〜」

誰かと思えばトリセツである。葉っぱを羽ばたかせて、ひらひらと飛んでくる。

「お待ちしてましたよ。こんにち**ぱ**！」

ん？

固まった二人に、トリセツはホバリングしながらにっこりと笑いかける。

「どうしたんですか、ヒノヒさん」

普通のハ行の音と、破裂音が入れ替わっているではないか。しかし、本人に自覚はなさそうだ。

「嫌ですね、ヒノヒさん。わたくしの顔を忘れてしまいましたか？」

何かが起こってる、水の街アクアテク。トリセツもおかしいぞ！

第４章
魔王がいた街・２

ハ行の発音がおかしいまま、しかもそのことに自分ではまったく気づかぬまま、トリセツは、アクアテクの行政の中心である市庁舎を、勝手知ったる他人の家扱いでパタパタと案内する。

「市長の執務室は四階ですよ」

市庁舎では大勢の職員たちが働いており、警備員もそここに立っているのに、誰もピノピとトリセツを見咎《みとが》めない。むしろ好意的で、すれ違うとニコニコしてくれる。四階フロアの受付カウンターの脇《わき》に立っている警備員のおじさんなんか、

「こんにちは！　市長は今は会議中だから、その先の控え室で待っててね」

なんて、親切そのものなのだった。

その控え室には、先客がいっぱいいた。一斉にピノピに注目し、上から下まで値踏みするように検分してしまうと、元のように自分たちの仲間同士、カップル同士のおしゃべりに戻っていく。

こんな不躾《ぶしつけ》なことをされても、ピピはともかく何かとせっかちなピノが文句も言わずにいたのは、ただただ驚いて立ちすくんでいたからである。

先客、**全員がコスプレ中なんだもん！**

組み合わせは様々だ。勇者と魔法使いの二人組。戦士が三人に司祭が一人のユニット。色違いのローブを着た魔法使いの三人組の一人が、肩の上に妖精のぬいぐるみを乗っけていたりもする。

年齢もとりどりである。あっちの四人組は家族一丸でコスプレしているらしい。窓際ではピノピたちと同年代の子供二人のユニットが、四、五組集まってわいわいきゃあきゃあ言っている。いい大人同士のカップルも何組もいる。

但《ただ》し、全員に共通点があった。みんな長靴を着用している。

「この人たちもみんな、伝説の長靴の戦士なのかしら」

だとすると伝説の戦士の価値暴落だが、ボッコニアンの伝説なんだから、あり得ない話ではないところがコワい。

「ピピ姉、そりゃあんまりな推察だ！」

「そうですね。このピトたちは、ただの見学者ですよ」

依然、ハ行の発音がおかしいトリセツは、涼しい顔でピピの頭の上に鎮座している。

「見学者？」

「今日はアクアテクの〈魔王記念ヒ〉なのです。イッハン（一般）市民や観光客にも、市庁舎のなかに安置されている〈魔王の足跡〉が公開されるのです」

先着二百名様までだそうだ。

「そのためにコスプレしなくちゃならないのかよ？」

「そういう規則があるわけじゃありません。あるとき、見学者のなかにコスフレ好きのピトがいて、伝説の長靴の戦士の格好をして来たら、当時の市長が喜んだものだから、何となく慣例になっているだけですよ」

それにしちゃ、みんな手の込んだ装束《しょうぞく》をしている。さっきピノピが値踏みされ、即座に「つまらん」と無視されたのも無理はない。二人はフネ村を出たときの普段着の上に青たん色のベストを羽織り、長靴を履いているだけで、コスプレ中の人たちみたいに甲冑《かっちゅう》をつけたり、派手な頭巾《ずきん》をかぶったりしていない。武器だってそうだ。飾りのついた模造刀を背負ったり、彫刻のほどこされた杖《つえ》や楯《たて》を持ったりしていない。ピピの杖ときたら、ちょっと見ただけじゃ先の曲がったすりこぎみたいだし、ピノの得物《えもの》ときたら、フライ返しですからね。

コスプレ中の人びとで満杯の控え室は蒸し暑く、今、「ちょっとトイレ行ってくるね」と相方の戦士に声をかけ、ピノピの横を通り過ぎた露出度満点の魔法使い姿のお姉様は、塗り込んだお顔が汗で溶けかけていた。

「ね、ね、ね、君」

　ピノピの後ろから、上ずったような声が呼びかけてきた。振り返ると、黒い僧服に黒縁の眼鏡《めがね》をかけ、昔話に出てくる仙人みたいな杖を持った少年が、すぐそばに迫っていた。どれぐらい迫っていたかというと、彼の鼻息がまともにピノの顔にかかるほどに。

「何だよ？」

　問い返しながら、とっさにピノはぐいと彼を押しやった。押された僧服コスプレはひょろひょろとよろけて、尻餅《しりもち》をついた。歳《とし》はピノより上だろうに、何とも頼りない。

「ごめんなさい、大丈夫ですか？」

　あわててピピが駆け寄ったけれど、僧服コスプレはへっちゃらで立ち上がり、熱にうかされたみたいな目をして、またまたピノに肉薄する。

「君さ、その武器」

震える指で、ピノが腰につけたフライ返しを指さした。

「コスプレ・アドバイザーに勧められたんですか？　それとも自分で考えたの？」

どっちでもないのだが、モンハン兄弟はコスプレ・アドバイザーではないという事実の方を重んじて、「じ、自前だけど」と、ピノは答えた。すると僧服コスプレはますます興奮する。

「すごいなあ！　僕、今年で三回目になるけど、戦士のフライ返し装備を見たのは初めてです。君、ちゃんとわかってるヒトなんですね！」

何がどうちゃんとわかっているのか。ピノピは顔を見合わせるばかり。トリセツはピピの頭の上で、葉っぱの先で鼻の穴をかっぽじっているばかり。

「どういう意味だよ？」

「だって君、正統派ですから。『正義と力』をちゃんと読んでるんですね？　あ、違うか！　『騎士の礼法』かな。伝説の戦士の装備と武器については、あっちの方が具体的に書いてありますからね」

つまりこの僧服コスプレ兄《にい》ちゃんは、青竜刀だの野太刀《のだち》だのバスタード・ソードだのウイングド・スピアだのクレセント・アックスだのダマスカス・ソードだの（の模造品）を帯びている他のコスプレさんたちとは違い、ピノのフライ返しは〈伝説に則《のっと》っていて正しい〉と褒《ほ》めてくれているらしい。

と、思うさま鼻の穴をかっぽじって気が済んだのか、トリセツが長閑《のどか》に言った。

「あなたもお詳しいですね。それはステプァノ教の巡回僧のお姿でしょう。そちらも珍しい」

話しかけられて、僧服コスプレ兄ちゃんは目を瞠《みは》った。

「この精霊、しゃべるんですね！」

顔を紅潮させ汗をかき、その場で手足をばたばたさせて、喜び全開だ。

「すごいねえ！　これも自前？　君が作ったの？　いくらかかりました？　何パターンぐらいの会話を仕込んであるんですか？」

あ、だけど——と、急にぴたりと止まり、頭の脇に右手を上げて、ひとさし指をぴんと立てる。その姿勢がいかにも「注目！」という感じだったので、ついその指の先、天井を仰いでしまったピノピだったが、控え室の天井があるだけだ。

「〈ステプァノ教〉じゃないですよ。〈ステファ、ノ教〉。ちょっと発音がおかしいね。あのね、マペット用の音声反応式会話モジュールは、サイバーダイン社のじゃなくて、マッシブ・ダイナミック社の方が優れていますよ」

目を白黒させるピノピ。そのとき、天の声が聞こえてきた。

「ポーレったら、何してるの？　知らない人に話しかけちゃいけません」

僧服コスプレ兄ちゃんの名前はポーレ君というらしい。すぐさま反応し、

「はあい、ママ！」

回れ右をして、全身黒ずくめのローブ姿で、結い上げた髪にはぎんぎらぎんの簪《かんざし》をさしまくり、羽根を束ねてこしらえた巨大な扇子を使っているオバサンのもとに、ポーレ君は駆け寄っていった。

「ねえママ、あの子すごいんですよ！」

西洋と東洋を交錯させちゃってるお姿のママに頭を撫《な》でられつつ、嬉《うれ》しそうに何かお話しになっている。

「あたし帰りたい」と、ピピが呟《つぶや》いた。「こんなとこにいても時間の無駄よ」

が、トリセツは反論する。「何をおっしゃいます！　ぜひ〈魔王の足跡〉を見なくてはいけません。ヒノヒさんには絶対にピッヨウ（必要）なことなのですよ」

プラグ立てなのですから――とトリセツが言うに及んで、ピノの我慢が切れた。トリセツの首っ玉（というか萼《がく》の部分ですね）をむんずとひっつかむと、さっきのポーレ君みたいに迫った。

「おまえさあ、それ冗談でやってンのか？　だったらやめろ！　今すぐ、即座に中止しろ！」

「ピノったら、乱暴はダメよ」

ピピはおろおろしているが、ひっつかまれてぶら下げられているトリセツは、呑気《のんき》に植木鉢の部分をぶらぶらさせている。

「それって何ですか？　わたくしが何をしているっていうんですか、ヒノさん？」

「だ、か、ら！　そのヒとピだよ！　博士のボッコちゃんと一緒じゃねえか！」

「ハ行の発音がおかしいのよ」と、ピピが補足した。途端に、トリセツの目玉が飛び出しそうになった。

「あらま！　タイペン（大変）です！」

ぽんと音をたてて、トリセツはピノの手のなかから消えた。驚いてピノピがまわりを見回すうちに、またぽんと音をたてて、ピピのリュックのなかから顔を出した。

「あ～、びっくりした」

目をしばたたき、花びらを縮めたり伸ばしたりしている。

「自分じゃ気づかないもんだ。以後、用心しなくては」

このように、登場人物にこれみよがしの独白をさせると話の運びが早くて便利ですが、小説としては洗練度が下がります。

「ねえ、トリセツ」ピピが首をよじって、背中に問いかけた。「ハ行の発音がおかしくなってること、あなた本当に自分じゃ気づかなかったの？」

「は？　何のことでございましょう」

ピノがまたトリセツの首っ玉をつかもうとしたので、ピピはぴょんと飛《と》び退《の》いた。

「乱暴しちゃダメよ。話し合わなきゃ」

「じゃ、話し合うから素直に吐け」ピノは両手を腰にあてた。「おまえ、精霊より上等な存在だとか、世界の全てを知る〈世界のトリセツ〉だとか、ふかしこいてんじゃねえよ。おまえもルイセンコ博士に作られたロボットなんじゃねえのか？　だから、ボッコちゃんと同じ入力ミスがあるのではないのか。

「ロボット？　わたくしが？」

トリセツはリュックから左右の葉っぱを引っ張り出し、拍手して笑い出した。「これはケッサクな冗談でございますね」

「冗談なんかじゃないのよ。あたしたち、真面目《まじめ》に言ってるの」

ピピはルイセンコ博士とボッコちゃんのことを話した。それはカラク村でのちょっとした冒険についで語ることでもあったのだが、何しろトリセツは背中のリュックのなかにいるものだから、何だか赤ちゃんのお守りをしながらあやしている少女ママのように見えなくもなかった。

「で？　どうなんだよ」

ピノがあんまり凶悪な目つきをするものだから、トリセツも笑うのをやめた。

「ご安心ください。わたくしはロボットではございません。精霊に近いが精霊より上等の〈世界のトリセツ〉でございますよ」

「だって――」

ピピがあんまり困った顔をするものだから、トリセツは慰めるようにまた笑った。

「今の段階では、お二人にはなかなかご説明しにくいのですが、少しだけお話ししますと」

ルイセンコ博士は〈門番〉だ。トリセツは〈世界のトリセツ〉で、このボッコニアンという世界の全てを知り、本物の世界の知識も持ち合わせている存在である。

「つまり、どちらもボッコニアンの存在に関わるキーマンなのですよ。ですから、同じ弱点を持っているのです」

「弱点？」

ハ行の発音が怪しいこと？

「弱点というより、特徴と申し上げた方が妥当でしょう。いずれにしろ、お二人にとって支障のある問題ではありません」

確かに、ちょっと校閲さんが手間なだけで、支障はないけれど。

「それより、お二人にはもっと実のある質問をしていただきたいですね。気にならないのですか？　魔王のこと」

アクアテクは、かつて魔王がいた街なのだ。

「そうねえ」素直なピピは、もう機嫌を直している。「じゃあ、魔王記念日ってなあに？　もしかして魔王の誕生日のお祝いかしら」

「ピピさんはいい勘をしています。当たらずといえども遠からずでございますよ」

トリセツは葉っぱを伸ばして、ピピの頭をくりくり撫でた。

「魔王記念日のこの日は、古《いにしえ》の時代、魔王がこの地に降臨した日でございます。また同時に、魔王がこの地に築いた居城を離れた日でもございます」

「現れた日といなくなった日が同じだったからって、一緒に記念日にしちゃったのか」

「魔王はいなくなったわけではありませんよ。ちゃんとボッコニアンにいます。ただ、かつてアクアテクにあった居城からは離れたというだけです」

「今はどこにいるの？」

「さあ、どこでしょう」

ピノが三度目にトリセツの首っ玉をつかもうとしたら、トリセツは久しぶりににょきっと牙《きば》を剝《む》いた。ピノは手を引っ込めた。トリセツも満足して牙を引っ込めた。

「魔王、魔王と呼んでいますが、実は魔王という存在は、ボッコニアンの神でもあるのですよ」

コスプレする人びとでいっぱいの蒸し暑い控え室で、立ち話でやっつけてしまうのはテキトーに過ぎるような、いえ、この作品の場合はそれでちょうどいいような、設定のお話。

「神様って、ボッコニアンを創《つく》った神様ってこと？」

トリセッツは葉っぱを振った。「いえいえ。ボッコニアンは、本物の世界のボツネタの集積という混沌《こんとん》のなかから、ビッグバンによって自然に出来上がったものでございます。創世の神はおりません」

宇宙と同じです——と、海の向こうでは論争の種になりそうなことを、トリセッツは何気に言い放った。

だが、魔王は存在している。ボッコニアンが混沌のなかから形を現したとき、同時に生まれた存在なのだそうだ。

「どうして魔王ができちゃったのかしら」

「ボツネタのなかには、数多《あまた》のできそこない魔王の気がたくさん含まれていたからでございますよ」

思えば作者も、これまでプレイしたゲームで大勢の魔王と戦ってきましたが、神様と戦ったことは少ない。神様の方が、ゲームで創造される頻度が魔王より少ない（つまりボツになる頻度も少ない）というのは納得できるのです。ていうか自分で書いてるわけですけども。

「ンで？」ピノは腕組みをしてトリセツを睨《にら》んだ。「魔王はボッコニアンで何してんだよ」

「神の如《ごと》く、ボッコニアンという世界の運行を見守っている――」

もったいつけて、トリセツはゆっくりと言った。

「そして、外の世界から、あまりにも目に余る、可愛《かわい》げのないボツがやってきたときには、そのボツがボッコニアンに入り込む前に、呑《の》み込んで〈無〉にするのです」

それって、一種のセキュリティじゃないか。

「じゃあ魔王は、ボッコニアンを守ってくれてるの？」

「まあ、そうですね」

「でも、この世界の封印を守るのは〈門番〉の仕事だろ？」

チッチッチと、葉っぱを振りながらトリセツは舌打ちをした。

「ピノさんは物覚えが悪いですね。門番は伝説の戦士を鑑定するために存在しているんですよ。だからピノピさんが現れたら、お役御免になったのです」

「だけど、あたしたちが揃《そろ》ったら、空にお告げが浮かんだでしょ？〈封印は解かれた〉って」

トリセツは可笑《おか》しそうに、そしてちょっぴり気恥ずかしそうに笑った。「あれは演出です。伝説の戦士の登場には、あれくらいのエピソードがなくっちゃね」

相変わらず騒々しくて蒸し暑い控え室で、ピノピはぽかんとする。どうりであれ以来、お告げを求めても空《むな》しかったわけだ。

首をよじるのに疲れたのか、ピピは背中のリュックをおろして両手で抱え、トリセツと向き合った。

「あたしとピノは、この世界をよりよい世界に——本物の世界に改善するために選ばれた戦士なのよね？」

「はい、サヨでございます」

左様でございます、だ。

「それならあたしたちは、魔王とどう向き合えばいいの？　魔王がボッコニアンを守ってくれてるのなら、戦っちゃまずいでしょ？」

トリセツは、今度はピピに舌打ちした。

「魔王はボッコニアンのナンバー・ワンなのですよ。ＣＥＯなのですよ。お二人が世界を改善するためには、トップと交渉しなくてどうします？」

ピノピは魔王に会わなくてはならない。

「魔王は今どこにおり、どのようにしたら会えるのか。それは〈世界のトリセツ〉のワタクシにもわかりません。なぜなら、魔王はときどき交代しますのでね」

だったらトリセツは、前政権の歴史は知ってても、現政権がどこへ行くのかはわからない政治評論家みたいなもんじゃないか。

「それは政治評論家にも、わたくしにも失礼な言い方ですよ」

トリセツはちらりと牙を見せた。

「わたくしには、過去の歴史から、いくつかのパターンを予測することができます。だからこそ、ここで魔王の足跡を見ることが必要なのです。魔王がこのボッコニアンの地上に残した、現状では唯一の手がかり、いいえ、まさに足跡なのですからね」

ピノは頭を掻《か》きむしった。「何かさあ、話がいたずらにフクザツになってねえ？　オレたち、本物の世界とボッコニアンを繋《つな》ぐ道を見つけて、本物の世界へ行くんじゃなかったのか？」

「もちろん、それも必要です。何といっても、魔王は本物の世界に起源を持つ存在でございますからね。魔王に通じるヒントは、このボッコニアンだけを探し回っていても見つかりません」

せっかくリュックをおろして抱えたのに、ピピはまたぞろ首をよじっている。考え込んでいる。考えに考えて、訊《き》いた。「ステファノ教ってなあに？」

「いい質問です」

魔王を奉じる古代宗教で、現在は失われてしまっているが、儀式の一部が形だけ残っているという。

「ですから、〈魔王記念日〉の中心行事は、ステファノ教を学んだひと握りの歴史学者によって、世界でこの街にひとつだけ残存している、ステファノ教の神殿で行われるのです。一般には非公開の形でね」

市庁舎の見学会は、単なるイベントに過ぎないということだ。

「さっきのポーレ君は、ステファノ教を知っているだけでも、ほかのコスプレさんたちとはちょっと違うって感じなのね」

「サヨでございますが、ピノピさんにとってはただの通りすがりのお人ですよ」

それが意外とそうでもない展開になっていくのだが、そろそろ立ち話に疲れてきたピノピにとっては（あるいは読者の皆さんにとっても）有り難いことに、控え室のドアが開いて、さっきの親切な警備員のおじさんが姿を現した。

「皆さん、お待たせしました。これより、〈魔王の足跡〉安置室にご案内いたします。市長も皆さんをお待ちしていますよ！」

第4章
魔王がいた街・3

〈魔王の足跡〉安置室は、市庁舎の地下にあるという。コスプレさんご一同に混じって、ピノピもぞろぞろと移動する。

廊下では、ニコニコ笑顔の職員たちが列をつくっていて、そのあいだを通り抜けてゆく見学者たちに「こんにちは！」「魔王記念日にようこそ」「わあ、そのコスプレ似合いますね」などと声をかけてくれる。

ピノピのそばには、ずっとポーレ君がくっついている。ど派手な彼のママはちょっと前方で存在感を発揮しつつ、のしのしと歩いておられる。ポーレ君の興味津々の眼差《まなざ》しがうっとうしいのか、トリセツはピピのリュックのなかに引っ込んでしまった。

こうしてご一同を見回してみると、あらためて、ポーレ君のステファノ教巡回僧姿もピノピの出で立《い》ち以上に珍しいというか、この集団のなかでは彼一人だということが判明した。だが、彼に目をとめて、「わあ、珍しい」と褒《ほ》めてくれる職員さんは、いない。

「ねえ、ポーレ君。あなたはこの街の人？」

階段を下りながら、ちょっと身を寄せて、ピピが話しかける。

「はい、そうですよ」

「この一ヵ月ぐらいのあいだに、街のなかで変な事件が起きてない？」

女の子たちの失踪《しっそう》事件――と、ピピは声をひそめる。

「シッソウ？」

「行方不明ってこと」

「解説してもらわなくても、意味はわかります」ポーレ君はにこやかに言った。「さあ、そんなの聞いたことありませんね」

「だけど、オレたちチラシを見たんだよ」

まわりを憚《はばか》って、ピノもひそひそ説明した。ポーレ君の眼鏡《めがね》の奥で、黒い瞳《ひとみ》がまん丸になる。

「それ、本当ですか？　そんな失踪事件が続発しているなら、ANNが黙ってるはずないですよ」

ANNとは〈アクアテク何でもニュース〉の略称だそうだ。

「市長夫人がゴミの分別を間違って出しちゃったことまでヘッドラインですっぱ抜くようなテレビ局です」

ピノピは顔を見合わせた。「じゃあ、あのチラシは何だったのかしら」

「あとでまた確かめに行こうよ。ポーレも一緒に来てくれる?」

「お供しましょう」

なんてこと言ってるうちに、一同は地下一階に着いた。地下というとすぐ隠し扉とかを探してしまうピノピだが、あいにくここは迷宮ではない。一同を歓迎したのはモンスターでもないし、ニンジャにやられて死屍累々《ししるいるい》状態の冒険者たちでもない。満面に笑みを浮かべたアクアテク市長さんだった。

「皆さん、ようこそいらっしゃいました!」

両手を広げて歓迎してくれる。体格のいい大男で、ひげを生やし、パリッと三《み》つ揃《ぞろ》いで決めて、革靴はぴかぴかに磨き込んである。ついでに頭もぴかぴかだ。カラク村の村長とは違い、老人という年配ではないから、スキンヘッドというべきだろう。

「これから皆さんに、〈魔王の足跡〉をご覧いただきます。この安置室には、魔王関連の書籍や資料も展示してあります。ショーケースのなかに収めてあるものには、お手を触れないでください。魔王の資料は、このアクアテクの大切な財産です」

では、どうぞ。市長のオーバーなアクションに従い、頑丈そうな扉の脇《わき》に立っていた警備員が、大きな鍵《かぎ》を取り出した。扉は二重になっており、手前の一枚目は普通の金属製だが、奥の二枚目は分厚いガラスのようで、向こう側が透けて見える。

二列縦隊で室内に踏み込んだ人びとが、口々に歓声をあげた。すご〜い! キレイ!

素晴らしい！

安置室は結構な広さで、床には赤絨毯《あかじゆうたん》が敷き詰められている。間接照明とピンスポットに照らされて、ショーケースがそこここに配置されている。壁に「順路」の表示があり、見学者誘導用の仕切りも立てられている。

「わあ、きれい」

一歩足を踏み入れるなり、ピピも声をあげた。「みんな、これに驚いてたのね」

入室してすぐ右手の壁に、大きなガラス絵が飾ってあるのだ。本来はステンドグラスで、どこか別の建物の窓にはめこまれていたものなのかもしれない。サイズは、縦も横もピノピの身長より大きく、重量も相当ありそうだ。

色とりどりのガラスの細片を組み合わせて描かれているのは、魔王の姿だった。かつてこの地にあった居城の塔のてっぺんに座り、眼下に広がるデン湖を見おろしている。

地上も空も、夕暮れの景色だ。茜色《あかねいろ》、薄緑色、淡い黄色や水色のガラスが、アクアテクの美しい自然を描き出している。

塔のてっぺんの魔王は、暗い紫色と深い灰色のガラスだけで描かれている。表情などの細部ははっきりしない。ただフォルムはくっきりしている。

全体として——何か翼竜みたいだ。横顔は人間ぽいのだが、頭がトサカみたいな形をしているし、背中を覆う一見マントのようなものは、実はたたんだ翼である。塔の縁にかかっている足の爪《つめ》は長く、凶悪な感じに彎曲《わんきょく》している。右手は見えず、左手だけが翼の陰からちょっぴり覗《のぞ》いているのだが、三本指で、指の一本一本が恐ろしく長い。これまた爪も長くて、そこだけ見るなら魔女みたいだ。

「ピノ、あの頭はトサカじゃないよ」

冠だよと、ピピが囁《ささや》いた。

「魔王の冠。端のところがくねくねねじ曲がってて、まるで茨《いばら》でできてるみたいね」

「おっしゃるとおり、鋼《はがね》の茨でできているんですよ」と、ポーレ君が教えてくれた。

「鋼の茨は、魔王の象徴です」

植物でありながら無機物。この世にはあり得ないもの。花は咲かず、実もつけない。

「魔王が降り立ったことのある土地には、必ずこれが生《は》えると言われているんです」

「じゃ、アクアテクにもあるの?」

「記録が残っています。これから見られるでしょう」

ピノは一人腕組みをして、考え込んでいた。

——魔王、コンビニの前にたむろしてるヒマなヤンキーにそっくりだ。

見事なウ○コ座りなんだもん。

——タバコ吸ってないのが惜しいな。カップ麵《めん》か菓子パン食っててもいい。

「はい、ゆっくり進んでくださいね」

ついてきた誘導役の職員に急《せ》かされた。

「売店で、このガラス絵の複製を販売しています。手頃な絵はがきもありますよ」

順路どおりにショーケースを覗いていくと、アクアテクの魔王伝説のあらましがわかるようになっている。そういうのはみんな新しいもので、魔王について書かれている昔の書簡とか、魔王伝説を描いた絵巻物なんかはごく一部だ。

そもそも、魔王はただかつてここにいたというだけで、何かしたわけじゃない。鏡をデン湖に変えたくらいか。あ、そうすると、あのガラス絵にはデン湖が描かれてるんだから、魔王がアクアテクの居城を立ち去る直前の光景なんだ。

「居城の跡は残ってないの？」

ピピの疑問に、ポーレ君がすぐ先のショーケースと、壁の展示を指さした。

「あれです。〈魔王の居城　考古学的発掘と検証の歴史〉」

けっこう大きな展示で、横長の年譜は立派なものだし、ショーケースのなかには柱の一部とか壁の装飾の破片とかが収めてあるのだが、但《ただ》し書きを見るとみんな複製だった。本物は、二百年ほど前に大雨でデン湖が溢《あふ》れたとき、流されちゃったというのである。

「インチキじゃんか」

ピノは小声で毒づいた。ポーレ君がご丁寧にも両手で口に蓋《ふた》をしてクックッ笑う。

「そうなんですそうなんです。キッチュです。こんなの、史料的価値はゼロです」

「じゃ、何でこんなに麗々しく飾ってあるんだよ」

「それがこの街のウリだからですよ。でも、発掘物の捏造《ねつぞう》がないだけ良心的です」

「おまえ、何度もこんなのを観て、よく飽きないなあ」

「観るたびに発見があるんです。次は何を観《み》ればいいのかわかってきます」

言葉に嘘《うそ》はないようで、ポーレ君の瞳は輝いている。

安置室のいちばん奥に、思わせぶりに衝立《ついたて》で囲った一角がある。警備員が二人いて、

「はい、一度に三名様ずつです。三列に並んでくださいね」

コスプレご一同を整列させている。

「あれが〈魔王の足跡〉です」

心なし、そこだけピンスポットの配置も凝っている感じだ。

ポーレ君をあいだに挟んで、ピノピはおとなしく並んだ。ちょうどピノピの目の高さぐらいに、大きめの段ボール箱ぐらいのサイズのショーケースがあり、見学者たちはそのケースから三十センチほど離れたところから、背伸びしたり前屈《まえかが》みになったりしながら覗いている。それ以上近づいてはいけないらしい。

何故《なぜ》かしら、ここではみんな無言だ。誰もキレイだとか凄《すご》いとか言わない。それがかえって奇妙な緊張感を生んでいる。見学を終えて移動していくコスプレさんたちの表情は、一様にきょとんとしている。

「はい、次は君たち。前へどうぞ。この線までね」
　床に黄色い線が引いてあるのだ。安っぽいなあ。もうちょっと何とかしろと言いたい。
　ショーケースのなかには、五十センチ四方の石盤みたいなものが飾られていた。その石盤に、確かに足跡がついている。ところで、タカヤマ画伯はＵＭＡ《ユーマ》（未確認怪奇生物）に興味があるかしら？　作者は大好きなので、いろんな本をいっぱい持ってるんです。必要でしたらお見せしましょう。だってこの〈魔王の足跡〉、ＵＭＡ本に載ってる「ついに捕らえた！　これがサスカッチの足跡だ！」的なモノとそっくりなんです。
　確かに、サイズはでっかい。靴がなく

って困るだろうなあという感じだ。三十センチぐらいありそうだ。それと足の指が長い。親指なんか五センチぐらいはある。

だが、それだけだ。でっかいだけの足跡だ。ついでに言うなら扁平足《へんぺいそく》です。

「おい、ポーレ」と、ピノは肘《ひじ》でポーレ君をつっついた。

「はい？」

「普通の足だぞ。ガラス絵と違わないか？」

「確かに」

「足の爪、彎曲してないね」と、ピピも呟《つぶや》く。

「着脱可能な、あれは魔王の武器のひとつだという説があります」

見れば、ショーケースの脇の掲示物にもその旨が記してある。手の指も同じで、武装を兼ねた手袋ではないかというのだ。

「魔王サマもコスプレしてたってこと？」

そのときである。

足の指が器用な人っていますよね？　エンピツやクレヨンをつかんで、字を書いたり絵を描いたりできちゃう。足の指で玩具《おもちゃ》のピアノを演奏してる人を、作者は昔テレビで観たことがあります。

その域までは達していないが、しかし、〈魔王の足跡〉の長い親指が動いた。柔軟に、くにゅうという感じで動いた。九〇度横に曲がって、何かを指さしたのだ。

ピノピはその指さすところに顔を向けた。衝立があるだけだ。

ピノピが揃って目を瞠《みは》り、九〇度横を向いて衝立を凝視したものだから、ポーレ君は驚いた。

「ど、どうしたんですか？」

ポーレ君には見えなかったのだ。魔王の親指の動きは、ピノピにだけ見えた。伝説の長靴の戦士だけに。

「何か見えましたか？」

耳の奥で、トリセツの小さな声がした。

「ポーレ君には、わたくしがマペットだと思ってもらっていた方が面倒がないので、しばらくこのままで失礼いたします。お二人には、何か見えたのですね？」

ピノピは黙ったままうなずいた。

「では、その導きに従いましょう」

ピノピは〈魔王の足跡〉のショーケースを離れ、順路からも外れた。衝立の向こう側には何がある？

少し奥まった一角に、書架がいくつか並んでいた。腰掛けもあって、ちょっとした休憩スペースみたいに見える。表示にはこうあった。〈ご自由にご覧ください〉。

「そうですよ。でもここの本は、一般の図書館にもあるものばかりです」

ポーレ君もついてきた。何だか興奮気味だ。「君たち、急にどうしたんですか？　何でこんなところに走ってくるんです？」

「ちょっとね」

ピノピは書架に歩み寄る。ざっと見渡すと、どうやら魔王伝説を素材にした小説や絵本が多いようだ。

「小さい子供は、見学に来ても飽きちゃいますからね」と、ポーレ君が言った。

そういえば玩具が入った箱もある。お子様スペースなのか。

「だけど、ここに見学者が入れるのは、魔王記念日だけなんでしょ？」

「一般人はね。セレブな観光客なら、いつでもオーケーなんですよ」

「何だよ、いけすかないなあ」

「アクアテクは国際的な観光都市ですから」

三人で書架の書籍を検分した。背表紙を眺め、ときどき取り出しては手にとってめくり、

「普通の絵本や小説ばっかりよ」

「こっちもだ」

「本がいっぱい……」

「これ、僕みんな読んでます」

それでも端から端へ検分してゆくうちに、ポーレ君が「あれ？」と声をあげた。

「どうした？」

「これ」

古びた革装本を手にして、ちょっと震えている。

「これがなあに？」

「神代文字《じんだいもじ》です」

表紙と背表紙に、金の箔押《はくお》しでタイトルが入っている。よっぽど古いものなのか、箔が剝《は》げ落ちてまだらになっている。

「こんな本、見たことありません。去年はなかったし、他所《よそ》でも見たことありません」

室内はまだ見学者たちで賑《にぎ》わっている。ピノピはポーレ君の僧服をつかんで、書架の陰へと引っ張り込んだ。

「ポーレ君、神代文字が読めるの？」

「す、少しなら」

あんまり震えるので、眼鏡がだんだんずり落ちてきた。ピピが指で押し上げてやる。

「読んでみて！」

ところがこの本、開かないのだ。本物の本じゃなくて、本の形をしているだけの謎《なぞ》のアイテムだ。

「何なんだよ、いったい」

「じゃ、タイトルは？　題名は何て書いてあるの？」

ポーレ君は鼻筋に汗をかき、今度は自分で眼鏡をずり上げた。

「表紙の方は、ええっと」

指で神代文字をひとつひとつ押さえながら、

「し、るべ。しるべの、しょ。かな」

しるべのしょ。〈標の書〉か！

「だけどね、おかしいんですよ。背表紙と文字が違うんです」

言われてみれば、表紙と背表紙で、文字の数も形も異なっている。背表紙の方がずっと字数が多い。神代文字を読めないピノピにもわかる。

「しかも背表紙の方は、鏡文字みたい」

「どういうこと？」

鏡像になっているのだという。

「神代文字が裏返しになってるんです。僕、まだ勉強不足だから、このままじゃ読めないや」

「鏡に映してみりゃいいのか？」

三人、覚えず声が高くなっていたらしい。

「どうしました？」

突然、スキンヘッドが出現した。市長だ。このヒト大柄なもんですから、ピノピたちの上からのしかかるような感じだ。

「〈魔王の足跡〉は観た？」

「はい、観ました」

「展示物はまだまだあるんだよ。魔王の居城推定復元ジオラマは素晴らしいよ」

「わかりました。ちょっと休憩したら、すぐ観にいきます」

ぴかぴか頭で盛大ににっこり笑い、市長が背中を向けた。が、立ち去る様子はない。腰に両手をあてて、

「やあ、いい景色だ。魔王記念日にこうして大勢の皆さんが来てくださる。市長として、これほど嬉《うれ》しいことはないよ」

セレブにはいつも見せてるくせして。

そのとき、ポーレ君の眼鏡が完全にずり落ちた。両手で本を捧《ささ》げ持ち、目も口も開いている。その視線は市長の背中に――じゃなくて、後頭部に釘付《くぎづ》けだ。

「どうしたの？」

ピノピは、ニンジャのように（ピノは直伝《じきでん》だし）素早くポーレ君に寄り添った。ポー

レ君は件《くだん》の本を片手で胸に抱くと、空いた片手をあげて、くちびるの前で指を立ててみせた。

しい～、静かに。ピノピはこくこくうなずいた。

ポーレ君は両手で本を持ち直し、背表紙を前に向けて、しずしずと掲げた。目の高さ以上に。もっと高いところにまで。

壁の照明器具の放つ光が、いい感じで市長のつるつる頭に反射している。その後ろ頭に、ポーレ君は件の本の背表紙を向ける。

お見事！　後ろ頭が鏡になった。ポーレ君の顔いっぱいに笑みが咲く。

市長がくるりと振り返る。「ん？　どうしたの君たち」

「何でもありません！」

とっさに背中に隠そうとして、ポーレ君は本を取り落としてしまった。ニンジャ直伝のスピードで、ピノは市長よりワンタッチ早く、革装本を拾い上げた――

つもりだったのに、手のなかの本は姿を変えていた。ポップなライトノベルだ。表紙のイラストで、女の子がウインクしている。『わたしの彼は魔王ジュニア』。帯もついている。「魔王ジュニアシリーズ好評既刊　『転校生は魔王ジュニア』『魔王ジュニアのバレンタイン大作戦』」

「あ、君たちそのシリーズのファンなの？　うちの娘も大好きでねえ」

サヨでございますか、と市長に本を押っつけて、三人は逃げ出した。魔王の居城推定復元ジオラマの前は素通りで、居合わせた職員に、

「トイレどこ、トイレ！」

で、三人で男子用トイレに飛び込んだ。

「ね、ね、ね、何て書いてあったの？」

「読めたんだろ、背表紙」

せっつくピノピに、汗を拭《ぬぐ》い眼鏡をかけ直して、ポーレ君は大きくうなずいた。ついでに深呼吸をひとつ。そして厳《おごそ》かな顔をした。

「こう書いてありました。〈ワレヲモトメルモノ　カイロウトショカンヲミイダセ〉」

我を求める者、回廊図書館を見いだせ。

何かこう、まともなハイ・ファンタジーっぽくなってきちゃったわ。って、トイレにいるんですけど。

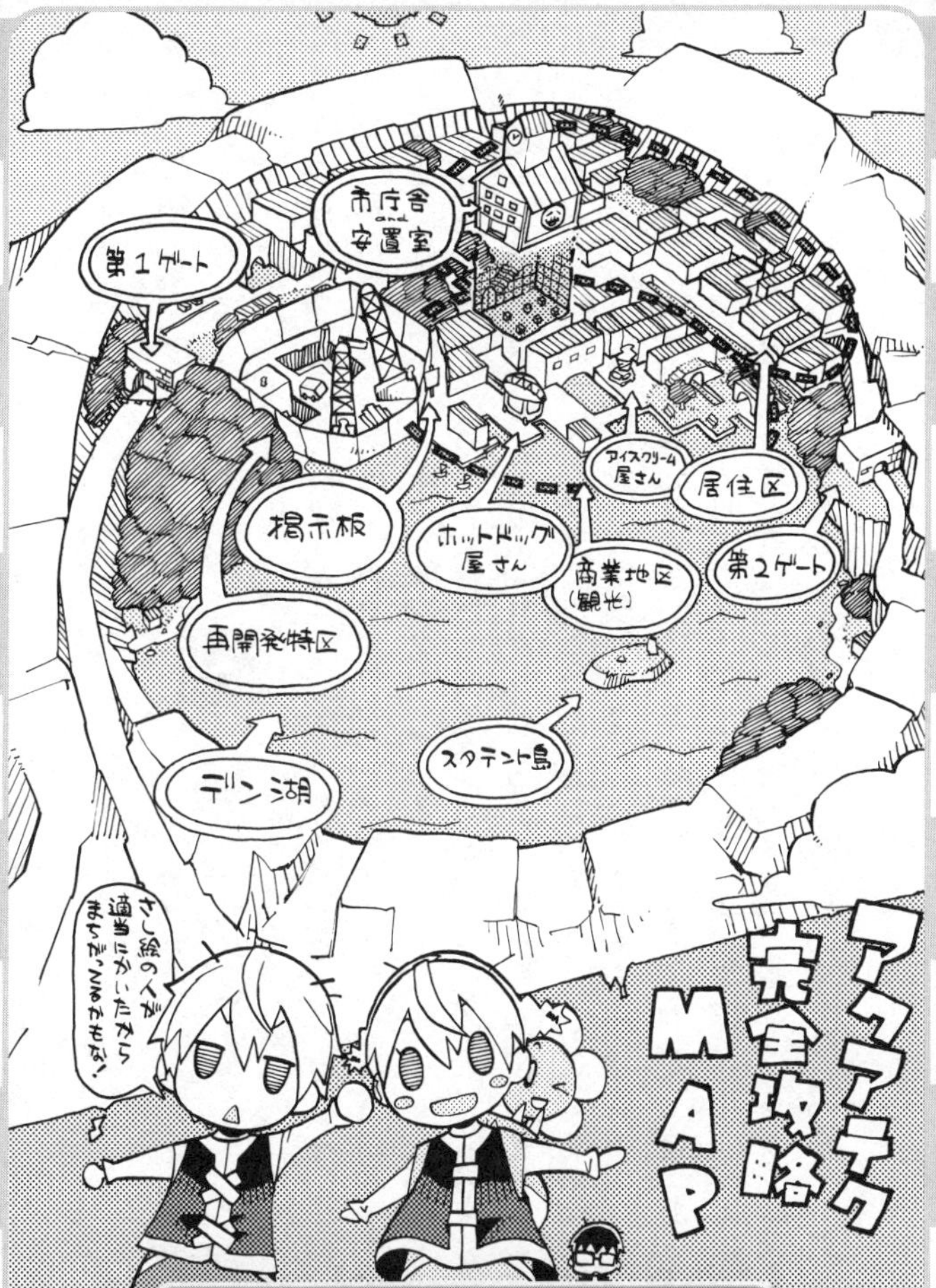
市庁舎
and
安置室
第1ゲート
掲示板
ホットドッグ屋さん
アイスクリーム屋さん
居住区
商業地区
（観光）
第2ゲート
再開発特区
デン湖
スタテン島
アクアテク完全攻略MAP
さし絵の人が適当にかいたからまちがってるかもな!

第４章
魔王がいた街・４

からんからん、からんからん。

これはホットドッグ屋さんの車の鐘の音だ。ピノピとポーレ君は湖畔のベンチに腰掛けて、てんでにホットドッグをパクついている。

ポーレ君のママは、コスプレはど派手だけど優しくて気前のいい人だった。〈魔王の足跡〉見学が終わると、ポーレ君がピノピのアクアテク観光案内を務めることを許してくれただけでなく、ランチを食べなさいとおこづかいまでくれた。そのやりとりの際に判明したのだが、ポーレ君の門限は夕方五時だそうである。

で、ピノは真剣に考え込んでいる。目が寄ってしまうくらい深く考え込んでいる。

一方、ピピとポーレ君は話し込んでいる。ポーレ君はちょっぴり上気して、ほっぺたが赤くなっている。ピピと接近しているからではない。やっとコスプレ軍団から離れて落ち着いたので、ピピが自分たちの身の上とこれまでの出来事について、ちゃんと説明して聞かせたからである。

「本物の長靴の戦士……」

ポーレ君は、静かな感激にうち震える。

「本物の長靴の戦士が魔王からお告げをいただく瞬間に、僕は居合わせたのか……」

黒縁眼鏡《くろぶちめがね》の奥で、瞳《ひとみ》がうるうるしている。

「僕はただのＮ　Ｐ　Ｃ《ノン・プレイヤー・キャラクター》じゃないんだ。世界にとって意義ある存在なんだ！」

その台詞《せりふ》に、間の抜けた「ふわぁぁぁ」というあくび音がかぶった。ピピのリュックからトリセツが顔を出したのです。

「ああ、よく寝た」

ポーレ君は、あっと驚いた。

「そういえばそういえば、このマペット！」

トリセツは冷淡に切り返す。「マペットじゃございません」

「そ、そ、そうですよね、ピピさん！　お二人が本物ならば、これもマペットじゃなくて」

「はい、失礼しました。この方も」

トリセツはさらに冷淡に、「〈これも〉じゃなくて、〈この方も〉」

ピピは笑った。「うん、本物なの。精霊に近いけど精霊より上等な〈世界のトリセツ〉よ」

「どうぞお見知りおきを。NPCに毛が生えた程度のポーレ君」

どんな毛でも、生《は》えてるだけマシだという説もある。

「いいタイミングで起きてくれたわ。ねえトリセツ、〈回廊図書館〉って知って――」

「存じません」

寒々しい気配が漂った。

ピピの目つきが尖《とが》る。「あたし、根本的な疑問を感じ始めてるんだけど」

「おや、それはピノさんお得意の言い回しですが」

「トリセツ、あんた本当に世界の取扱説明書なの？　いつも肝腎《かんじん》なときにはいないし、手遅れになってから解説することが多いし」

トリセツはシラッとしている。「取扱説明書というものは、読解しにくいものですよ。実際に動かしてみれば体感でわかることを、言葉に置き換えているのですから」

「つまり、まずは世界に参加して、世界を動かしてみることが大事なんですよね？」

ポーレ君の尊敬と憧憬《しょうけい》の眼差《まなざ》しに、トリセツはまんざらでもなさそうだ。

「サヨでございますよ、NPCに毛が生えた程度のポーレ君」

実際、よくできたゲームは、取説を読まなくてもプレイできるものです。でもね、まったく読まないとアブナイこともある。昔、作者の先輩（誰とは申しません）が、チャンバラ系のアクションゲームをプレイしているのを見物していて、その強いことは強い

んだけどダメージもがんがんくらう戦いぶりに、

「あのですね、L1ボタンで防御《ガード》できることをご存じですか？」

「何だ、それ？」

「――取説を読んでませんね」

という会話イベントが発生したことがあります。そうなの、素《す》でプレイすると、（右側にあるR1ボタンはまだしも）左側のL1ボタンには、意外と触らないものなんですよね。

人生、バランスが大事。日々をアグレッシブに生きる貴方《あなた》、時には自問自答してみましょう。L1ボタンの存在を忘れていないか？

閑話休題《それはともかく》、話し込む二人とトリセツ。

「トリセツ、マジ役立たず」

ピピはずけずけ言った。トリセツはまた大あくびを放つ。

「仕方ないでしょう？　先《せん》にも申しましたが、このボツコニアンの魔王はときどき交代するので」

「あんたにはわかんないわけね。ねえポーレ君、とりあえず、このアクアテクにある図書館じゃないことは確か？」

「もちろんです。国内最大の図書館である、王都の王立図書館のことでもないでしょう」

「別称って可能性はない？」

「聞いたことがありません。だいいち、あの建物には回廊なんかありませんからね」

「しかし、この場合の〈回廊〉は、必ずしも建築物としての回廊を指しているのではないかもしれませんよ」と、トリセツは指摘する。

「どういうこと？」

「意味としての〈回廊〉ということも」

ピピには、さらにわからない。しかしポーレ君は目を輝かせた。

「なるほど！〈世界の回廊〉という意味ですね」

ここで作者は、ニンテンドーDSの『DS楽引《らくびき》辞典』を引いてみました。タッチペンで操作できる便利な辞典です。

するとこんな記述が。〈回廊：建物をとりまくような長い廊下〉。

「ほらね、それですよ！」ポーレ君は喜ぶ。「この世界をとりまき、この世界と本物の世界を繋《つな》いでいる通路。それが回廊図書館ではないでしょうか」

ピピは膝《ひざ》の上に頬杖《ほおづえ》をつく。「魔王はそこにいるの？　本好きなのかしら」

手間がかかるわねえとボヤいた。

「あたし、本が嫌いなわけじゃないんだけど、読むのが遅いの。だから苦手なの」

「それって本が嫌いなこととイコールではありませんか」

「苦手と嫌いは違うわよ」

作者もアクションゲームは苦手ですが（腰痛になるし）、嫌いではありません。むしろ大好き。

さて、その時。じっと固まって考え込んでいたピノがやおら立ち上がると、二人とトリセツに近づいてきた。まなじりを決した顔をしている。

「ピノ、どうしたの？」

ピピ姉《ねえ》、と真剣な声を出す。思わず、ピピもポーレ君も座り直した。

「何か考えついたの？」

「回廊図書館の手がかりがありますか？」

勢い込む二人に、ピノは言った。「オレたち、今晩どこに泊まる？」

ピピの膝の上で肘《ひじ》が滑り、すかんとずっこけた。

「ちょっとあんた、こんな大事なディスカッション中に、何を言い出すのよ！」

「これだって大事な問題だ！」ピノは拳《こぶし》を振って訴える。「だってオレたち、一文無しなんだぞ？　もう弁当はないんだし、ポーレがおごってくれなかったら、昼飯だって抜きだったんだ」

確かにそうだ。このボッコニアンには、フィールド上のエンカウント・バトルが無い。

お金稼ぎもできないわけだ。

「何でまた今になって、出し抜けにそんなことに気がついたの？」

「——ホットドッグ食ったから」

腹ぺこだったピノは、胃に染み渡るホットドッグの味に、（この次の飯はどうすりゃいいんだろう）と思いを致したという次第。

「あの、もしよかったら、うちに泊まってください」

頼れるポーレ君である。

「本物の長靴の戦士がうちに来てくれるなんて、光栄です。パパもママもお二人を大歓迎します」

「ありがとう。助かっちゃう」

ピピはにっこりする。でもピノの勢いは止まらない。

「和《なご》んでる場合かよ。そんなの一時しのぎじゃねえか。もっと根本的な解決策を見つけなくっちゃ、この先、呑気《のんき》に旅なんかしてらンねえぞ！」

根本的という言葉が好きな双子である。

「じゃ、どう解決するの？」

「決まってるさ。生業《なりわい》を持つんだ」

「まぐわい？」

おっと、これはR－12のレイティングに該当《がいとう》する単語じゃないか？

「な、り、わ、い」口をいちいち横に押っぴろげて、ピノは繰り返す。「仕事だよ」

「だったら最初からそう言いなさいよ」

「要するに生計《たつき》の道を見つけるということですね」と、ポーレ君がうなずく。

ピピはまたわかんない。「たすき？　アスキー？　モスキート？」

「でもお二人の仕事は、長靴の戦士であることじゃないんですか」

「それじゃ食ってかれないの。そんなの現実の生活のなかじゃ意味ないんだよ。現に、市長はオレたちのこと、ただのコスプレ・チルドレンだとしか思ってなかったじゃないか」

あらヤダ、とピピが目を瞠《みは》った。「ピノ、悔しかったの？　市長さんに特別扱いしてもらえなかったから？」

ピノはちょいと言葉に詰まる。「別に、特別扱いを期待してたわけじゃないけど」

「もう少し丁重に歓待されてもよかったということですね」

ポーレ君は腕組みをして、アクアテクの澄み渡った青空を仰いだ。「このアクアテクは魔王伝説がウリの街ですから、長靴の戦士は、残念ながら脇役《わきやく》なんです。コスプレの素材としては人気があるんだけど」

「そういえば、魔王そのもののコスプレをしている人はいなかったね」

「畏《おそ》れ多いからですよ」

「アクアテクの人たちは、魔王の存在を信じてるの？」

「逸話が豊富に残っていますからね」

「みんな昔話でしょうに」

「そうでもないんですよ。一昨年《おととし》の春先だったかな、魔王が一夜、デン湖のなかにあるスタテント島に再臨した形跡があるというので、ニュースになったことがあるくらいです」

そのスタテント島は、魔王記念日に歴史家たちが集って、ステファノ教による魔王礼《らい》賛《さん》の儀式を再現する場所でもあるという。

「じゃ、今日の儀式もそこで？」

「はい。僕も満十六歳になって、歴史家協会の審査をパスすれば、晴れて会員になれるんです。そしたら、儀式にも参加できるようになります」

それまではコスプレで我慢するしかない。

「ンなこと、どうでもいいよ」

焦《じ》れたピノは、ピピの背中のリュックのなかで寛《くつろ》いでいるトリセツに嚙《か》みついた。

「おいトリセツ！　ちょっとは役に立つところを見せろよ。オレたち、どんな仕事をしたら効率よく稼げる？　長靴の戦士の資質を活《い》かせる仕事って何だ？」

トリセツは、眩《まぶ》しい日差しを遮《さえぎ》るために、いつの間にかＭ　Ｉ　Ｂ《メン・イン・ブラック》みたいなサングラスをかけている。

「お二人は十二歳ですから、普通はまだ就労できません」

児童福祉法違反になります。ちなみにこれは、働いたピノピではなく、ピノピを働かせた雇用主の方に適用されます。

「ですが、そこはテレビゲームの世界のことでございますからね。堅苦しいことを言ってると、話が進みません。そもそもお二人が学校をサボり、家出していることからして問題になるわけで」

今さらそんなこと言われたってね。

「そこそこバトルのできるお二人ですから、トラブルシューターの看板を掲げるのが妥当なところではありませんか」

「トラブルシューター？」

「よろずの揉《も》め事や事件を解決するのです。既にカラク村でやってあげたでしょう」

「そうだわねえ」ピピはうなずき、舌打ちをした。「あの時、トラクターを借りるだけじゃなくて、報酬ももらっておけばよかった」

「次からはきっちりいただきましょう」

「次からはって言ったって、そんな都合のいいトラブルが、どっかに転がってるのかよ」

ありますよと、ポーレ君が膝を打つ。

「さっき言ってたじゃないですか。少女失踪《しっそう》事件のこと」

後で確かめてみようと話していたのだ。

「あ、そっか。そうよそうよ」と、ピピも膝を打つ。「それに、すっかり忘れてたけど、あんたの可愛《かわい》いパレちゃんも探さなくちゃ。パレが見つかれば、彼女の家に泊めてもらうことだってできるんだし」

ピノはひるんだ。「ピピ姉、何だよ、そのトゲのある言い方」

「パレの家に泊めてもらっちゃいけないの？」

「そっちじゃない！」

赤くなるピノと、冷やかすような横目のピピ。しかもピピは何気に胸元のペンダントに触れている。姉弟喧嘩《きょうだいげんか》で魔法を使っちゃいけません。
頼れるポーレ君が仲裁に入る。「まあまあ、お二人とも落ち着いて。その、パレとい
う女の子も行方不明なのですか」
ピピはまだ目つきでピノを牽制《けんせい》しつつ、ペンダントから指を離した。
「ううん、そっちは別口なの。ピノの幼なじみなんだけど、引っ越しちゃったらしくて
家ごと消えてるのよ。ポーレ君、知らない？　再開発特区にあった〈カンラガンラ〉っ
ていうレストラン」
「知らないなあ。少なくとも、ミシュランのアクアテク版には、そんな名称の店は載っ
てないと思いますよ」
ともかく、もう一度再開発特区へ行ってみよう。行動を起こすピピとポーレ君に置い
てきぼりをくらい、ピノは楽しげな人びとでいっぱいの湖畔で、ぶつくさ独りごちる。
「オレの可愛いパレって、どういう意味だよ。そんなんじゃないって言ってるのに。パ
レはただちっちゃい時に近所にいたってだけで、特別に好きだとか会えなくなって寂し
いとかそういうことじゃないって」
「ピノ、早くおいで！」
当面、〈回廊図書館〉はほったらかし。

本当だ――と、ポーレ君はいささか青ざめている。

三人は、再開発特区の件《くだん》の掲示板の前に立っている。ポーレ君はおっかなびっくり手を伸ばし、〈Missing〉と書かれたチラシの一枚に触れているところだ。

「僕の目の迷いじゃありませんね。これ、実在しています」

ちゃんと確認してみると、チラシは全部で六枚あった。六人の少女たちが失踪していることになる。

「最初の女の子の失踪が三十二日前。最近の子が三日前ですか」

チラシの内容を順繰りに読みながら、ポーレ君は呟《つぶや》く。チラシに載っている顔写真やスナップ写真を見る限り、みんな可愛《かわ》い子ちゃんばっかりである。

そして、四枚目のチラシのところでポーレ君が絶句した。

「どうしたの？」

ピノピと、背中のリュックから顔を出したトリセツも覗《のぞ》き込む。

「ホントかよ」ポーレ君はいささかを通り越して本格的に青くなった。「ミンミンだ」

「餃子《ギョーザ》屋さんのチェーン店？」

「僕の知り合いなんです」

四枚目のチラシの女の子は、ボーイッシュなショートカットに、右耳に二つつけてるピアスが目立つ。アイメイクもばっちりだし、カメラ目線で小首をかしげ、写真に撮《と》られ慣れている感じだ。歳《とし》は十歳。

「学校の同級生じゃないでしょ？」

「もちろん違います」

ピピ姉へのしこりを引きずっているピノは、まだ少し不機嫌だ。「じゃ、この子は人気少女モデルで、おまえは追っかけファンの一人とか？　世間じゃ、そういうのを〈知り合い〉とは言わないぞ」

ピノの剣突《けんつく》に引っかからず、受け流すポーレ君は大人である。

「ミンミンのお父さんは、この街の大学の先生なんです。王立アクアテク大学古史学部のブント教授。僕、教授の公開講座に通ってて親しくなって、ときどき自宅の方にも遊びに行ってるんです」

それで娘のミンミンと知り合ったのだ。

「ピノさん、ミンミンが少女モデルだって、よくわかりましたね。もしかしてグラビアとか見たことありますか」

「まったく。あてずっぽうだよ」

「ホントにモデルさんなのね」

それなら写真写りがプロっぽいのも当然だ。

「まだまだ駆け出しです。本人はやる気満々で野心も満々だけど、アクアテクだけでも可愛い女の子はいっぱいいるし、モルブディア王国全体を見渡したら、もっとでしょ？モデルだけじゃなく、ゆくゆくは女優業にも進出したいし、歌もうたうんだって、いろんなオーディションを受けてるけど、受かったって話は聞いたことないんです」

つまり現状では、ちょっと外見がイケてるので自意識がそっちの方向に育ってしまった、出たがりで目立ちたがりの女の子なわけだ。

「お父さん、心配でしょうね」

「ブント教授はシングルファザーなんです」

同じ古史学を専門とする女性研究者と結婚してミンミンをもうけたのだけれど、史料研究が本筋の教授と、フィールドワーク一本槍《いっぽんやり》の奥さんとでは生活のリズムが合わず、ミンミンの一歳の誕生日に円満離婚をして、以来、ブント父娘《おやこ》は二人暮らしをしてきたのだそうだ。

「別れた奥さんはジョーンズさんっていって、モルブディア王国じゅうを股《また》にかけて冒険的なフィールドワークをしてるそうですよ」

チラシによると、ミンミンが行方不明になったのは十五日前のことだ。放課後、学校の正門のところでクラスメイトと別れたきり、忽然《こつぜん》と姿を消してしまった。

「ともかく、ブント教授に会いに行きましょう。ミンミンのお父さんなら、もっと詳しいことを教えてくれるわよ」

はい、とうなずいて、しかしポーレ君は何かに引っかかったみたいに、またチラシに視線を戻した。

「あれ？」

再びしげしげとチラシを検分する。ミンミンのだけでなく、六枚全部を見直している。

「何だよ」

「これ、おかしいんです」

ポーレ君は、チラシの下部に記された一文を指さしてみせる。

「ここに、〈王立捜査局アクアテク支部犯罪捜査課〉って書いてあるでしょ？」

行方不明の少女たちに関する情報を持っている人は、ここに連絡してください、と。

「うん、そうだけど」

「この名称が違うんです。連絡先も」

国際観光都市アクアテクの治安を守り、犯罪捜査を担当しているのは、〈アクアテク公安局〉だというのだ。

「どこの都市でもそうですけど、治安の第一責任者はその街の公安局です。それに、王立捜査局には犯罪捜査課なんて部署はありません。一課・二課・三課に分かれているだけなんです」

しかも、チラシに書かれた連絡先はデタラメだという。「こんな町名、アクアテクのなかにはありません」

ピピのリュックのなかで、トリセツが言った。「となると、このチラシそのものがデタラメである可能性がありますね」

ピノピは顔を見合わせた。

「デタラメって……こんなマジな事件が？」

「ボッコニアンには何でもアリでございます。早急にブント教授に会って、ミンミンが本当に行方不明になっているかどうか確かめた方がヨございますね」

他の少女たちも然《しか》りだ。ピノは掲示板のそばに引き返すと、六枚のチラシを引っぺがし始めた。

「あ、それはまずい」

ポーレ君が制止したが、既に遅し。ピノはチラシを丸めてリュックに突っ込む。

「何かの証拠になるかもしれないから、手をつけちゃいけなかったのに」

「デタラメなら、いいじゃん」

デタラメじゃない場合の可能性を、既にして切り捨てているピノである。アクアテクのCSIに怒られても、作者は知りません。

さて、こうして三人はブント教授のお宅へと駆けつけた。デン湖の対岸の瀟洒《しょうしゃ》な住宅街にある白壁の邸宅だ。

「もう儀式は終わってる時刻だから、教授も帰ってると思うんだけど」

ブント教授も歴史家ですから、魔王記念日の儀式の参加者なんですね。

しかし、何度玄関のベルを鳴らしても応答はない。観音開きのドアは、白枠に化粧ガラスをはめ込んだ美しい造りで、ピノピはそのガラス越しに屋内の様子を窺《うかが》えないものかと、あちこちに顔をくっつけている。おかげで、きれいに磨き込まれたガラスに、二人の鼻の頭の形がべたべたくっついてしまった。

「オレ、窓の方を見てみる」

前庭の芝生にずかずか踏み込んで、ブラインドの降りた大きな窓へと近づくピノは、

――大学の先生って儲《もう》かるんだなあ。

スゲえ家じゃん、なんてことばっかり考えていたのだが、ぴかぴかの窓ガラスの一枚の端っこに、何とも異なものを見つけて雑念から覚めた。

これ、何だろう。ガラスが溶けて、文字のような形を描いている。その文字のようなものは四個あり、等間隔に並んでいる。

ピノは大声でピピとポーレ君を呼んだ。走ってきた二人も、ピノが指さすものを見つめて、訝《いぶか》しげに目をぱちくりさせる。

「ポーレ君、これも神代文字《じんだいもじ》じゃない？」

「いえ、違います」

「また鏡文字になってるんじゃないのかよ」

だとすると厄介だ。近場に、手頃なハゲ頭は見当たらない。ていうかピピは女の子なんだから、手鏡ぐらい持ち歩けばいいのに。

「いいえ、鏡像でもありません」

文字列のようなものに目を凝らし、ポーレ君はかぶりを振る。

「確かに文字のようですが、僕には読めません。こんなのは見たことないです」

「すごくフクザツな形だよね」

「この四個の文字でひとつの単語なのかな？　ねえ、トリセツ」

「存じません」

「だろうと思った」

「何かこう、熱した細いものをガラスに押しつけて書き記したみたいですね」

博学少年のポーレ君にも読めないこの謎《なぞ》の文字、作者は読めます。なぜなら漢字だから。こう書いてあるのです。

〈夜露死苦《よろしく》〉

アクアテクにも暴走族がいるのかしら。

「おや、ポーレ君じゃないか」

男の人の声がして、三人は窓から離れて振り返った。前庭の端に、ポーレ君と同じ出《い》で立ち、ステファノ教巡回僧の格好をした、ちょいとハンサムなおじさまが立っている。

「あ、教授！」

ポーレ君が声をあげたその時、件の〈夜露死苦〉がパリンと割れて、破片が飛び散った。その瞬間、ピノとピピの胸のペンダントに、何やら不吉な波動が走った。

何なのこの前兆《オーメン》は——というところで、続きは次節。

第４章
魔王がいた街・５

「そういえば、このところミンミンに会ってなかったなあ」

美しい手描きの絵柄がついた陶器のティーポットとお揃《そろ》いのカップで、薫《かお》り高い紅茶を三人にふるまいながら、ブント教授はのんびりと宣《のたま》った。

「そういえばって」

ミンミンは十歳の女の子である。チラシに拠《よ》れば、行方不明になったのは十五日前である。これが親の言うべき台詞《せりふ》か。

「心配じゃないんですか？」

「割とよくあることなのでね」

ブント教授は肩をすくめて、大きな書棚を埋め尽くし、そこにも入りきらず床に積み上げられている大量の書物と、平らな場所をすべて占領している地図だの絵図だの図版だのを見回してみせた。論文誌や書類の綴《つづ》り、メモ類なんかもあっちこっちに入り乱れている。複数あるファイルキャビネットは大部分が満杯で、ちゃんと引き出しがしまっていない。

「このとおり、私の毎日は読書と文献研究を中心に回っているのでね。夢中になると、寝食も忘れてしまうんだ」

ポーレ君がピノピにこっそり囁《ささや》いた。「教授は、パジャマ姿で講義に来たこともあるんです。着替えるのを忘れちゃって」

まさしく象牙《ぞうげ》の塔の住人だ。

「こんな私に付き合っていたら、ミンミンは健全な生活ができない。だからあの子は、しょっちゅう友達の家を泊まり歩いているんだよ」

家を空けてどこかへ行ってしまうのは、ミンミンなりの自己管理だというのである。

「出かけるとき、誰々ちゃんのところに泊まるとか断っていかないんですか」

「聞いても、私が忘れてしまうから」

ミンミンはメモを残すか、古史学部の秘書のところに伝言しておくのだそうだ。

「じゃ、そのメモを探せば——」

あたりを見回し、ピピはみなまで言わずに諦《あきら》めた。

「今日は大学が休みだから、明日にならないと秘書に確かめることもできないし」

まったく慌てるふうもなく、教授は優雅な手つきで紅茶をひと口飲んだ。

「まあ、ミンミンなら大丈夫だよ。親の私が言うのも何だが、万事に大人びていてしっかりした子なんだ。ルックスだけを売りにしない頑張り屋だしね」

何かなあ――という感じの親バカだが、学究一途の自分とは正反対の道を目指す娘を、ブント教授はけっこう高く買っているらしい。

「最近、ミンミンに会ったのはいつですか」

「四、五日前かなあ。学校帰りに私の研究室へ寄って、ケンドン堂の黒糖ドーナツを差し入れてくれたんだ。ちょうど揚げたてが店頭に出る時間だからって、わざわざ並んで買ってきてくれたんだよ」

「ホントに四、五日前ですか」

疑わしげに眉《まゆ》をひそめるピピに、教授はおっとりと笑った。

「間違いないよ。私だってそれぐらいの時間感覚はあるさ。だいたい、十五日間もミンミンに会わないでいたら、私は今ごろ、さすがに臭《にお》っているだろうから」

「は?」

またポーレ君がひそひそ囁いた。「教授はミンミンに、〈パパ、ちゃんと下着を替えてる?〉と訊《き》かれないと」

ピピはポーレ君の口に手で蓋《ふた》をした。「わかった。それ以上言わないで」

そして、ブント教授から少し距離をとった。ピピにとっては、下着は毎日取り替えるものである。これ、おばあちゃんから叩《たた》き込まれた人生の黄金律だ。

「となると、やっぱりチラシの内容の方が嘘《うそ》くさくなってくるなあ」

圧倒的な本の山々がかもしだす雰囲気に呑《の》まれて――というよりは、紅茶と一緒に供されたお菓子をいただくのに忙しくて、しばらくのあいだ発言のなかったピノが、口の端にチョコレートをくっつけて、ようやく呟《つぶや》いた。

「犯罪捜査課ってのも存在しないわけなんだし、これ、どういうことなんだろ」

「教授、もう一度このチラシをよく見てください」

ポーレ君は茶器をどかすと、テーブルの上にスペースをつくり、そこに六枚のチラシをきちんと並べてみせた。

「このなかに、ミンミンの友達はいませんか？」

ブント教授はチラシの一枚一枚を手に取り、じっくりと検分した。おもむろに言う。

「やっぱり、うちのミンミンがいちばん可愛《かわい》い」

「それは置いといて、見覚えのある顔はありませんか」

さかんに首をかしげてから、教授は一枚のチラシを選び出した。「この娘さんは見かけたことがある、かなあ」

ジャスト三十日前に行方不明になったという、アレサ・リンという女の子である。こちらは十三歳だ。

「先月の末に、ミンミンがミュージカル映画のオーディションで、最終まで残ったんだよ。そのとき一緒だったような気がする」

教授は、ミンミンがオーディションを受けるときは、付き添いではなく応援に行くのだそうだ。何気に迷惑なステージパパかもしれない。

でもなあと、教授は頭を掻《か》いた。「どんなときでも、私はミンミンしか見てないのでね。ほかの娘さんたちの顔はうろ覚えなんだ」

頼りないなあ。

「いいわ、ポーレ君、こうなったらアクアテク公安局へ行きましょう。チラシを見せて、女の子たちの安否を確認してもらうのよ」

ポーレ君はへどもどした。「それはちょっと、どうかなあ」

「何で？」

「あそこはいつもめちゃめちゃ忙しいから、僕らが行ったところで、まともに相手にしてもらえないと思います」

「だって、少女失踪《しっそう》事件よ」

「少なくともミンミンは、本当に失踪しているのかどうか怪しくなってきましたよ」

そうそうと、ブント教授が合いの手を入れる。「四、五日前、私が顔を合わせたとき、ミンミンはいつものように愛らしくて元気いっぱいだった。何も変わった様子はなかったよ」

あっちの本の山の上にお菓子の箱が置いてあるんだけど、中身入ってるのかなあ。お代わりがほしいなあ……と、雑念でいっぱいだったピノは、ピピの険しい目つきに気づいて姿勢を正した。目つきだけじゃない。姉さんの指先はペンダントに触れている。

「オ、オレはさあ、チラシの名前を手がかりに、女の子たちを探してみるのがいいと思うな」

「どうやって探すの？　住所はわかんないのよ」

「市役所へ行けば、住民台帳とかあるんじゃねえの」

「それより、彼女たちそれぞれの失踪場所で、情報がつかめませんかね。ミンミンの場合は学校だし、アレサは——中央駅《セントラル・ステーション》だ」

「ねえトリセツ、あんた市役所に顔がきくんでしょ？　市長に頼んで広報車を出してもらえないかしら」

トリセツ、どこにいるのよ？　と声を張り上げたピピの袖《そで》を、ポーレ君がつんつんと引っ張った。「あそこにいます」

なるほど、トリセツは部屋のいちばん奥に堆《うずたか》く積まれた本の山の上に陣取り、壁に貼り出された年代物らしい地図に見入っている。食い入るように見入っている。植木鉢の底をちょこっと浮かせて、前のめりになって見入っている。

ポーレ君の喉《のど》がごくりと鳴った。「何を見ているんでしょうか。何か発見があったんでしょうか」

「ありました」と、トリセツがその姿勢のままで応じた。「皆さん、朗報でございます」

「何を見つけたの？」

「黒糖ドーナツで評判のケンドン堂の場所がわかりました！」

ブント教授が笑う。「あれは観光客用のお土産物《みやげもの》だよ。古地図の体裁になってるが、現在のアクアテクの市街地図なんだ」

「ケツを焦がしてやる！」

ピピがペンダントで魔法を飛ばそうとするのを、ピノは身体《からだ》を張って止めた。「落ち着け、ピピ姉《ねえ》！」

「それよりブント教授ぅ」と、トリセツは振り返る。「この地図に、女の子の丸文字で書き込みがございます。ホラ、ここ」

葉っぱの先で指すところに、教授とポーレ君が寄っていく。ピノはまだピピを宥《なだ》めるのに忙しい。

「あ、ホントだ！　教授、これはミンミンの字ですね」

「そうだね――って、君、なぜうちのミンミンの字を知ってるんだ？」

「年賀状をもらったからです」

「ピピ姉、大丈夫か？　オレらも地図を見てみようよ」

ピノピが近づくと、トリセツはふわりと飛び上がって後方に待避した。ピピは白目を剝《む》いて、植木鉢を睨《にら》みつける。

「いっぺん、ガラス瓶に入ってみる?」

ホバリングしつつ、トリセツは涼しい顔で答えた。「あいにく、わたくしは回復アイテムではございません」

「ナビィと同《おんな》じくらい役立たずね!」

わかる方にはわかるやりとりです。

さて問題の書き込みは、市庁舎から三街区《ブロック》ほど離れた街の一角にあった。確かに丸っこい文字で、こう書いてある。〈チケット制　土曜日　二時　日曜日　十時と二時〉。

ポーレ君は眼鏡《めがね》の縁を持ち上げる。「教授、意味がおわかりになりますか」

「チケット制だから──こりゃ、何かのレッスンじゃないのかな。ミンミンはいろいろやっているからね。ボイストレーニングに、ダンスに基礎的演技指導に」

そこで教授の目が晴れた。「そういえば、黒糖ドーナツを持ってきてくれたとき、言ってたな。新しいダンス教室の先生が厳しくて、筋肉痛がひどいって」

「新しいダンス教室?」

「友達から情報をもらったとか」

ミンミン、その場所を地図で確かめるついでに、レッスンのスケジュールもメモったのであろう。

「じゃ、最近通い始めたところですね？」

「うむ。以前の教室は、おばさまたちが多くてレッスンがぬるいとボヤいていたから、替えたんだろう」

「ここ、行ってみよう」

ピノピとポーレ君は玄関のドアに向かう。が、ポーレ君は立ち止まった。

「話は違いますけど、教授、さっきここで、ちょっと変なアクシデントがあったんです」

ポーレ君は、窓ガラスに溶けたような痕《あと》があったことと、近づいたらそれが砕け散ったことを説明した。

「どこの窓だろう」

「こっちです」

三人プラス教授は外に出た。

「ガラスを割ってしまってすみません。でも、僕らが何かしたわけじゃないんです。勝手に割れて飛び散って――」

前庭に出て、覚えのある窓へと教授を引っ張ってゆく。が、ガラスは無事だ。少しばかり拭《ふ》く必要がありそうだが、割れているところはない。ひびも入っていない。

「おかしいな」

　ポーレ君は眼鏡をはずし、ごしごしと目をこすった。

「錯覚じゃないわよ。幻覚でもない。確かにガラスに変な文字みたいなものが浮かんで
て、近寄ったら割れたんです」

　ピピの言葉に、ふむふむとブント教授は腕組みをした。

「変な文字ねえ……」

「何かお心当たりはありませんか。魔王に関わるエピソードとか」

「長靴の戦士にまつわるエピソードでもいいいんだけど」

「ああ、あれは子供向けの作り話だ」

　一蹴《いっしゅう》され、ピノはムカッとした。「作り話？　だったら魔王の方こそそうじゃねえの？」

「いやいや、魔王は実在する。この世界に住む我々にとっては、実体のない創世神より
も確かな存在だ。この世界を束ね、その運行を見守っている」

　市庁舎で〈魔王の足跡〉見学をしたとき、トリセツのレクチャーにもありましたね。

「故《ゆえ》に、ステファノ教では魔王を仰ぐ。この世界の成り立ちを正しく教義に組み入れた、
唯一の宗教だ」

「オレ、ちょっと小耳に挟んだんだけど、魔王ってときどき交代するんでしょ？」

ブント教授は目を丸くした。「よく知ってるね。学校で習ったわけじゃあるまいに」

えへん。

「そのとおりだ。文献も残っている。ただ、その交代がどんな理由で行われるのか、よくわからない。我々古史学者にとっても手強《てごわ》い難問なんだ。君は誰に教わったんだね？」

ピノはまわりを見回した。「あのヘンテコな鉢植えですよ。その辺にいるでしょ。おいトリセツ！　おまえ、教授にちゃんと挨拶《あいさつ》してない――」

すると、ピピがくるりと回って背中のリュックを見せた。リュックの蓋に、また置き手紙がついている。今度の文章はやや長い。

〈ポーレ君のママへの手土産に　黒糖ドーナツを買いに参ります　他所様《よそさま》のお宅へお邪魔するのに　手ぶらで行ってはいけません〉

「戻ってきたら瓶に詰めてやる！」

息巻くピピを、男子二人で宥めた。

「教授、もうひとつ教えてください。〈回廊図書館〉ってご存じですか」

我を求める者、回廊図書館を見いだせ。すっかり説明係になったポーレ君の話を聞き、教授はますます困惑顔だ。

「それホントかい？　君たち、揃って夢でも見たんじゃないのかね」

「でもトリセツも、魔王の導きに従えって。それでゲットした情報なんだ」

「あの鉢植えはマペットだろ？」

駄目だ。アクアテクの古史学者は、伝説の長靴の戦士を相手にしてくれない。ミンミンの行方を追う方に戻ろう。

〈回廊図書館〉は、またほったらかし。


古びたビルに、大きな看板が出ている。〈フユモト　ダンスアカデミー〉。

仮に看板がなかったとしても、そこがダンス教室であることは一目瞭然《いちもくりようぜん》だ。ざっと二十人ばかりのティーンエイジャーたちが踊っている。一枚ガラスの窓越しに丸見えだ。

一心不乱、一糸乱れぬダンス・パフォーマンスである。防音設備がいいのか、音楽はまったく聞こえてこない。でも、彼女たちの身体の動きからリズムが伝わってくる。

そう、全員女の子なんです。色とりどりのレオタード姿に、ピノとポーレ君は見入ってしまう。食いつくように見入ってしまう。靴の踵《かかと》をちょこっと浮かせて、前のめりになって見入ってしまう。

「キモチ悪い」と、ピピが言った。二人の男子は反応しない。

「あんたたち、キモチ悪くない？」

二人の男子はまだ反応しない。ポーレ君はまばたきさえしていない。

「あたしはキモチ悪いって言ってんのよ！」

ピピに背中をばちんと張られて、ピノは現実に返った。ポーレ君の手を取って、

「オレ、最前列の右から三番目」

「僕は二列目のあのポニーテールの娘《こ》がタイプです！」

さっきからいろいろと苛《いら》ついていたピピが、とうとう一発、魔法を放った。アタマにきているが狙《ねら》いは正確で、火線はピノの鼻先をかすめ、ポーレ君の眼鏡をはじき飛ばし、パッと火花を散らして消えた。

その瞬間。

ぶるり——と、空気が震えた。あたりの景色が歪《ゆが》んだように見えた。一瞬だけだ。すぐ元に戻った。でも三人は異変を感じた。

男子二人は抱き合っている。

「今の、何？」

「ピピ姉の魔法」

「ええ、あたしの魔法よ」

低く応じたピピは、思わず身構えている。

「何かがそれに反応したみたい」

魔法の力に、何かが身じろいだようだった。動揺したというか、警戒したというか。

　ボク魔法を見ちゃった、ボク魔法を見ちゃったと譫言《うわごと》のように繰り返し、ポーレ君は自分の頬《ほお》を平手で叩いた。

「しっかりしろ、僕。これは夢じゃないぞ」

　震える手で眼鏡を拾い上げ、装着し直すと何とか立ち直った。ピノはまだびびっている。

「こ、この場所に問題があるのか？　それとも建物の方？」

「わかんない。でも気をつけた方がいい」

　ピピは腰に付けた魔法の杖《つえ》に手をかける。ピノもフライ返しに——手をかけるとカッコ悪いのでしなかった。

「それに、二人とも気づかない？　あの連中、おかしいわよ」

ガラス窓の向こうでは、今もプリティガールズが踊っている。

「みんな同じ方を向いて踊ってる。お互いを見てるわけじゃない。なのに、どうしてあんなにぴったりと動きが揃うの？」

「お手本の先生がいるからだろ」

「どこにいるのよ」

なるほど、ピピの言う通りだ。フロアには、教師らしき人の姿はない。ただ踊るティーンエイジャーたちがいるだけだ。

「まるで、何かに操られてるみたいだわ」

「考えすぎじゃありませんか。彼女たちは、お手本がいなくても、ぴったり息を合わせて同じタイミングで踊れるんですよ。それぐらい上手だってことですよ」

どっちの肩を持つか決めるために、ピノはもう一歩窓ガラスににじり寄った。ガラスがピノの呼気に曇った。

え？　この温暖なアクアテクで、どういうことだろう。ピノは窓ガラスに手を触れてみて、すぐ引っ込めた。

氷のように冷たい。

「これ見てみろよ。ピピ姉の言うとおりだ。こいつら、おかしい」

三人で窓に張りついた。ガラスの向こうで群舞するティーンエイジャーたちは、誰も汗をかいていない。あんなに激しく踊っているのに、踊り続けているのに、息が乱れている様子もない。

「このまま踊らせておいていいの？　止めなくていいの？」

「けど、どうやって止める？」

「ミンミンもここで踊ってたのかな。だから筋肉痛になったのかな」

窓際の、ポーレ君の鼻先に手が届くくらいの距離で踊っている女の子は、ちょうどミンミンぐらいの歳《とし》だろう。疲れたのか、よく見ると足がわなないている。今にもこむら返りをおこしそうだ。だが、踊りに乱れはない。表情も変わらない。半目になっていて、眠そうでさえある。まったくキツそうではないし、その顔からは、踊る喜びも練習への熱意も窺《うかが》えない。

「どうしよう」

立ちすくんでいると、フロア前方のドアが開いて、誰かが入ってきた。三人はとっさにバラけて、てんでに通行人のふりをした。ピピは背中のリュックを前に回し、蓋を開けて覗《のぞ》き込む。ピノはポケットに手を入れて、口笛を吹きながらぶらぶら歩く。ポーレ君は眼鏡を外し、ハンカチでレンズを拭く。

入ってきたのは、派手なアロハシャツを着てサングラスをかけたおっさんだった。年齢はちょっと見当がつかないが、腹の出っ張り具合からそう断定してよろしかろう。

おっさんは顔の前に手を上げ、肉付きのいい掌《てのひら》を打ち合わせた。音は聞こえない。が、途端に女の子たちの動きが止まった。まさに急停止で、ぴたりと止まったかと思うと、次の瞬間には一斉に床の上にへたりこんだ。みんなバテている。息をあえがせ、顔がみるみる真っ白になる子もいた。酸欠だ。

アロハのおっさんは、気息奄々《きそくえんえん》の女の子たちに向かって何かしゃべっている。口元がニヤけている。彼女たちを気遣う様子はまったくない。

話が終わったのか、おっさんはくるりと踵《きびす》を返し、またドアを開けて出ていった。

「行こう」

ピピが促し、三人はビルの裏側に回った。手すりの錆《さ》びた外階段があり、コンクリートの三和土《たたき》があって、「通用口」の表示が出ている。重そうなスチール製のドアが見えた。

「忍び込めないかしら」

ビルの陰から首を突き出していると、今度はそのスチール製のドアが開いた。アロハのおっさんが出てくる。じゃらじゃら鳴るのは蓄電自動車のキーだろう。

ピピは杖を取り出すと、構えた。

「どうすンの？」

「見てて」

出《い》でよ、わらわら。ピピは命じて、すかさず続けた。「尾行モード！」

何だ、そりゃ。

小さなわらわらが一匹現れたかと思うと、風に乗り、すうっとアロハのおっさんの方に飛んでゆく。その後ろに、かすかに光るわらわらの糸をなびかせていた。

「すごい」と、ポーレ君が唸《うな》る。確かに名案だが、さあ、この糸を見失わずにたどっていけるかな？

第４章
魔王がいた街・６

今月の作者は、PSPで『**タクティクスオウガ　運命の輪**』をやりすぎて五十肩を発症しております。

肩痛による原稿のタッチミスや変換ミスは担当編集のクリちゃんと校閲さんが直してくれるので、読者の皆様のお目汚しにはならないと存じますが、マジで痛くて泣いてます。

▲

「だからどうしたってンだ？」

「ちょっと静かにしてよ。誰に向かって発言してるの？」

「いや、今なんか作者の泣き言が聞こえたような気がしたからさ」

怪しげなアロハのおっさんを、〈わらわら尾行モード〉で追跡中のピノピとポーレ君。しいっと静かにしてなくちゃいけない場面なのである。

アロハのおっさんはスタジオから出てくると、スタジオの裏手に駐《と》めてある蓄電自動車に乗り込もうとした。が、キーを取り出して差し込もうとした刹那《せつな》、ふと考え直したようで、現在は徒歩で街路を南下中である。おっさんにくっついたわらわらは滑らかに糸を吐き続け、ピピはその端っこを魔法の杖《つえ》の先端に巻き付けて、ピンと張りすぎないよう、たるみすぎないよう、注意深く距離を保っている。

「なんで車に乗らなかったのかな?」

「遠くへ行くわけじゃないのよ、きっと」

「もし車に乗られちゃっても、大丈夫でしたけどね。市内は制限速度二十キロですから、小走りでついていけます」

走るのが苦手そうな都会っ子のポーレ君の発言だ。ホントに小走りでOKなのかどうか、作者は自信がありません。

「それにあの車、めちゃめちゃ目立ったし」

アロハのおっさんが乗ろうとした車はずんぐりむっくりしたフォルムで、ひまわりみたいな真っ黄色なのであった。

「ただ、あのおっさんの自家用にしては、妙にサイズが小さいような気がしました」

そうなのである。前方を行くアロハのおっさんは、腹が出っ張っているだけでなく、背も高いから大柄なのだ。ピノピとポーレ君の三人が身を寄せ合えば、おっさんの背中に隠れてしまうこともできそうなほどだ。

「スタジオで見たときは、あれほど大柄だとは思わなかったんですが……」

外に出たら、ひとまわり以上大きくなったように見えると、ポーレ君は言う。

「そんなことあるわけないじゃない」

「そうですよねえ」

南国の街・アクアテクの陽《ひ》は長い。それでも少し茜色《あかねいろ》を帯びてきた日差しを浴びながら、おっさんは賑やかな街路を歩いてゆく。裏通りから大通りに出てからは、ひたすら直進。おっさんの巨体とアロハも目立つので、三人は観光客たちのなかにまぎれ、今のところ余裕で尾行を続けている。

「あ、曲がるよ」

おっさんが次の角を左折した。脇道《わきみち》に入る。わらわらの糸がふわりとふくらみ、三人も続いた。

建物と建物の間の、狭い路地である。左右に建ち並ぶ建物の通気口や排水溝が目につく。日当たりが悪く、地面がびちょびちょしている。大型の蓋《ふた》付きゴミ箱があちこちにあって、まわりにゴミが散乱している。ぷうんと汚臭が鼻をつくけれど、ゴミ箱の陰に身を潜《ひそ》めつつ前進することができるので、文句を言ってはいけない。

もっとも、おっさんはまったく尾行に気づいていないようだ。これまで一度も振り返らなかった。周囲の目を気にする様子もない。一歩踏み出すごとにぶるんぶるんと巨体を震わせて、悠々と歩いてゆく。

それもヘンだと、今度はピピが言い出した。「さっきまでは、あんなふうにぶるんぶるんしてなかったよ」

そのとき、おっさんが足を止め、左を向いた。巨体が建物の陰に消える。中に入るのだろう。三人は手近なゴミ箱の後ろに隠れた。

「それにあのおっさん、だんだん身体《からだ》の輪郭が歪《ゆが》んできてるみたいじゃない？」

「確かに」と、ポーレ君も眼鏡《めがね》を押さえてうなずいた。「立ち止まったとき、膝《ひざ》の関節がぐんにゃりしたように見えました」

ピノはどっちにも気づかなかった。だが今、わらわらの糸がたるみつつあることには気がついた。

「切れちゃったんじゃねえか？　ピピ姉《ねえ》、引っ張ってみろよ」

ピピは魔法の杖をつんつんしてみた。糸が張る。切れてはいないようだ。

「大丈夫みたい」

それでも念のため、指先をペンダントにあててわらわらの状態を確認してみると、

――キモチわるい。

「わらわら、気持ちが悪いって」

「そりゃそうだろう。あんなおっさんに密着してるんだから」

急ごう――と、ピノはゴミ箱の陰から飛び出した。ポーレ君が続き、ピピも立ち上が

る。と、またわらわらが訴えてきた。

——ここ、寒い。

寒いって、このアクアテクで？

「ピピ姉、ここだ」

ピノとポーレ君が、外壁の煤《すす》けた四階建てのビルの裏口、錆《さび》に覆われた防火扉に張りついている。わらわらの糸がドアに挟まっている。

「このビルに入って、エレベーターで上がって行きました。まだ音がしています」

ポーレ君はドアに耳をくっつけている。

「あ、停《と》まった。どうやら四階まで上がったようですね」

「よし、行くぞ」

ピノがドアを開けると、切れたわらわらの糸がくっついてきた。ピピはまたすかさずペンダントに指をあてる。

——わらわら、凍えちゃう。

〈フユモト　ダンスアカデミー〉の窓ガラスも、氷のように冷たかった——と思い出す以前に、ドアの内側から流れてきた冷気が三人を包んだ。ポーレ君が思わず「ひゃあ」と声を出すと、その呼気でたちまち眼鏡が真っ白に曇ってしまった。

「何なんだ、こりゃ」

踏み込んだ場所は狭い通路で、すぐ先にエレベーターの扉がある。蛇腹式で箱の内側が見えるタイプのものだ。その蛇腹がきらきら光っている。

「凍ってるんだ」

蛇腹に触れ、取っ手に手をかけて横に引こうとして、ピノはいきなり尻餅《しりもち》をついた。

足元がつるつるなのだ。こっちも凍っている。

「廃ビルのようですね……」

エレベーターの右手に伸びる廊下の先には、ぽっかりと広めの空間があった。昔は飲食店だったのだろう、丸テーブルが何脚かあって、カウンターがついている。後ろの棚は空っぽだが、酒瓶がいくつか倒れている。

「この状態で、まともな人間が住み着いてるわけねえよ」

立ち上がったピノは、また蛇腹を開けようと試みたが、びくともしない。凍りついてしまったようだ。

「どっちにしろ、こいつに乗ったら丸見えだからな。階段を探そう」

てきぱきと台詞《せりふ》はカッコいいけど、足を踏み出した途端にまた滑って転びました。長靴を履いてるのにねえ。

「ピピ姉、なんか思い出さねえ？」

「なんかって、何？」

「オレとピピ姉が、じいちゃんばあちゃんを凍らせちゃったときのこと」

まだペンダントを入手する前で、双極の双子の反発しあうエネルギーがフル発動してしまい、近くにあったものをすべて凍らせてしまった事件である。

「オレとピピ姉が生み出してしまうエネルギーって、要するに魔力だろ？」

「そうね。だからペンダントでコントロールできるんだもの」

「だったら、この現象も魔力のせいだ。あのおっさんは人間じゃねえんだよ」

ひと足先に奥へ踏み込み、丸テーブルのあいだを歩んでいたポーレ君が、ひそひそ声で二人を呼んだ。「これ、見てください」

丸テーブルの上には、うっすらと霜が降りている。それを手で拭《ぬぐ》って、ポーレ君が指さす先には、

〈夜露死苦《よろしく》〉

また、あの文字があった。

「ほかにもあるかしら」

部屋の隅には椅子が積み上げられている。宙に浮いた脚の先から、小さな氷柱《つらら》が下がっている。

「これ、ブント教授のお宅で見つけたときは、ガラスが溶けたみたいだと思ったけど、こうして見ると違いますね」

ポーレ君は丸テーブルに、眼鏡ごと顔を大接近させている。

「すごく切れ味のいい刃物で彫ったような感じです。あまりにも断面が滑らかだから、溶けたみたいに見えたんです」

ピノはまたすってんころりんとしながらも、何とか非常階段を見つけ出した。お尻をさすりながら、「行くぞ！」

「あたしが先に行く。ピノ、歩き方がヘタなのよ」

尾行役に放ったわらわらの身が心配で、ピピは杖を構えて階段を駆け上がる。

「もうちょっと静かに接近した方が」

「相手がモンスターなら、そんなのどうでもいいわよ！」

実際、違法建築すれすれの急な階段を駆け上がるので、ピピもポーレ君も滑っては壁にぶつかり、前のめりになっては手をついて、とてもじゃないがサイレントモードの前進にはなりません。

でも、それでも無問題《モウマンタイ》だった。なぜならば頭上の四階フロアでは、何とも面妖《めんよう》な音が轟《とどろ》いているからだ。

ズゴゴゴゴゴ――

でっかい掃除機が、埃《ほこり》とか塵《ちり》みたいな乾いた物質ではなく、もっと湿っていて粘着力の強いものを吸い上げているような音である。

四階まで上がっていった三人は、非常階段の出口で壁に張りついた。ズゴゴゴゴゴという音は、振動となって足の裏からも伝わってくる。

あのおっさんは中で何をしているのか。どうやったら様子を探れるだろう。まだスキルも経験値も足りないピノピは、次の手段を思いつかない。しょうがないから、

「わらわら、中の様子を知りたいの。もういっぺん尾行モード」

——寒いから無理です。

あったかくて湿ったところを好むわらわら様だ。

——それに、ここはフケツです。

おまけにきれい好きでもある。

「それじゃ、何かほかの手を考えて」

——そのご相談には応じかねます。

すると、ポーレ君が言い出した。「わらわらという魔法生物に、糸だけを出してもらうことはできませんか？」

ピピはお伺いをたてる。「糸だけでも出してくれない？」

返事はなかったが、魔法の杖の先端から糸がふわふわと漂い出てきた。

「巻いて巻いて、円盤をつくってください」

ポーレ君はピノピに説明した。「この糸はとても光沢がありますよね。円盤状にすれ

ば、鏡になるんじゃないでしょうか」

頼れるポーレ君だ。アクアテク限定のキャラじゃもったいない。便利だからこの先も連れて行こうかと考える作者であります。

巻いて巻いて、わらわらの即製鏡ができあがる。直径五センチ、十センチ、十五センチ。二十センチを超えたところで、ポーレ君がそっと手を添えて、鏡の角度を調整した。ちょっぴり曇ったわらわら鏡は、室内の様子を映し出す。

ズゴゴゴゴゴ――

面妖な音の発信源は、あのおっさんだった。何か床の上にある物体に覆い被《かぶ》さるような格好をしている。その輪郭が歪んでいるというか、波打っている。おっさんの身体が丸ごと容器になっており、その内部でどろどろしたものが波立っている感じ。

いや、ただ波立っているんじゃない。おっさんは掃除機の真似《まね》をして何か吸い込んでいるのではなく、吐き出しているのだった。それも口から。キモチ悪いこと甚《はなは》だしい、濁った黄色の胆汁みたいなものを。

「げぇぇ」

たまらず、ピノが呻《うめ》いた。おっさんが顔を上げる。ワンテンポ遅れてその身体が波打つのをやめ、面妖な騒音もやんだ。

そして、だみ声が聞こえてきた。

「そこにいるのは誰だ」

ピノが自分で自分の口を押さえ、その手の上からピピとポーレ君の手も重なった。静かに！　息を殺せ！

そのとき、宙に浮いていたわらわらの即製鏡が、出し抜けに重力の存在を思い出したみたいに落下した。床に落ちて、粉々に砕けた。完全に凍ってしまっていたのだ。

ぱりぱりぱりぱりん。

ピノピとポーレ君も凍りつく。

「ンもう、どうでもいいぜ！」

ピノは床を蹴《け》って室内へと飛び込んだ。その途端にまた滑って転んだ。続くピピとポーレ君も、転んでいるピノにつまずいてやっぱり転んだ。

「おやおや君たち、大丈夫かい？」

床の上に折り重なる三人に、アロハのおっさんが近づいてくる。だみ声ではないし、拍子抜けするくらい優しい口調だ。

「こんなところまで、どうして来たの？」

三人で、口あんぐり。おっさんの黒いサングラスに、自分たちの顔が映っている。

「あ、あの、オレたち」

起き直り、何となく三人とも正座してしまった。おっさんも、ニコニコしながら傍《かたわ》ら

にしゃがみこんだ。サングラスの奥の目はどうなってるかわからないが、少なくとも顔のほかの部分は愛想良く笑っている。

「さては君たち、アイドルになりたいんだね。僕を尾行して、こっそり売り込もうっていう寸法か」

その意気込みはいいねえと、おっさんはさらにニコニコする。作り物みたいに真っ白な歯が覗《のぞ》く。歯並びも完璧《かんぺき》だ。

「だけど、ちゃんとオーディションを受けてくれないと、僕のアカデミーには入れてあげられないんだよ。ほかの研究生たちに申し訳ないしね」

三人の顔を見回して、ピピを指さす。

「君なら、オーディションには満点で合格できる。そっちの君は」と、ピノに指を移し、「ダンスは得意？　運動能力は高そうだけど、バック転できる？」

ポーレ君には指を向けただけでなく、その指をついついっと左右に振った。

「君はちょっと残念だな。キャラはユニークだけど、アイドル向きじゃない。僕のところより、どっかの劇団に入った方がいいと思うな。君みたいなタイプは、演技力で勝負するべきだ」

何気に失礼なことを言われているようだが、ポーレ君はこの手の失礼な言動には慣れているらしく、ゆっくりと眼鏡の位置を修正すると、礼儀正しく座ったまま、おっさんの斜め後方を指さした。

「失礼ですが、あれは何ですか」

家具のひとつもなく、窓には壊れかかったブラインドがぶら下がっているだけの室内に、ぽつりと存在している物体だ。王都の地下迷宮にあった宝箱に似ているが、サイズはもっとうんと大きい。ここは〈櫃《ひつ》〉という言葉を使うべきだろう。艶《つや》のない漆黒《しっこく》に塗られており、大きな掛け金だけが銅製だ。

「あなたはさっき、あの上に覆い被さって、何か吐き出しておられましたよね」

はっきり尋ねるポーレ君である。

おっさんの顔が、ちょっと歪んだ。表情の歪みではなく、顔そのものの歪みだ。サングラスが揺れたから間違いない。

おっさんはあわてたようにサングラスを指で押さえた。「何の話かな。僕はただここで、静かに瞑想《めいそう》していただけだよ。僕、この隠れ家にこもらないと、なかなか一人になれないもんだから」

ようやく、ピノが膝立ちになる。「ふざけンなよ！　鼻毛も凍りつきそうなこんな場所で、瞑想だと？」

「おや、君たち寒いの？」

おっさんはわざとらしく室内を見回した。

「ごめんね。僕はほら、この体格だからさ、暑がりなんだよ。ちょっとクーラーを効かせすぎちゃったかな。でも、蒸し暑いアクアテクでは、クーラーもおもてなしの一部なんだよね。君たちはこの街の子じゃないの？　観光で来てるのかしら」

あくまでも愛想良く言い並べ、おっさんはアロハのポケットを探ると、名刺入れを取り出した。

「あらためて名乗るまでもないと思うけど、僕はフユモトヤスシです。ほら、名刺をあげよう。これをアカデミーの受付に持っていけば、オーディションの登録料が無料《ただ》になるんだよ」

鼻先に突きつけられた名刺に、つい手を伸ばしそうになったピノだ。くれるというものはもらうのが信条。が、その手をピピがぴしゃりと叩《たた》いた。

「おっさん、あのアカデミーはどっから見たって怪しいわ。行方不明の女の子たちも、あそこにいるの？　あそこであんたに、へろへろになるまで踊らされてるの？　あんた、何を企《たくら》んでるのよ」

名刺を差し出したまま、一瞬、おっさんの笑顔が凍った。

「行方不明の女の子たちって――」

すかさずポーレ君が件《くだん》のチラシを取り出して、アロハのフユモトに突きつける。

「これ、再開発特区の掲示板で見つけたんです。僕の友達のミンミンのチラシもある。彼女はずっと家に帰っていません。失踪《しっそう》前に、あなたのダンスアカデミーに行ったことはわかっているんです」

アロハのフユモトはチラシに目を据えたまま、ゆっくりと名刺を胸ポケットに戻した。そしてあらためて笑い直した。

「これはこれは、お騒がせしちゃったねえ。ちゃんと片付けるように、ＡＤに言っておいたんだけど」

「えーでぃ？」

「そのチラシは偽物だよ。女の子たちは失踪なんかしてないのさ」

「どういうことなんですか？」

アロハのフユモトは、三人に顔を寄せてきた。冷たい呼気が吹きかかる。

「これ、オフレコだよ」

業界の人は、しばしばそう言います。

「実はね、僕は今、女の子だけの新しいアイドルユニットをつくろうとしているんだ。名付けて〈ＡＢＣ包囲網〉さ！」

どう転んでも売れそうにないネーミングだ。

「〈あなたのハートを包囲しちゃうぞ〉ってキャッチフレーズなんだよね」

だから売れんと言うておるのに。やっぱりフユじゃ駄目なんだね。アキでないと。

「それでね、僕のアカデミーでも優秀な女の子たちを集めて合宿して、集中レッスンしてるんだ。チラシの女の子たちは、全員がそのメンバーなんだよ」

ピノピとポーレ君は顔を見合わせる。行方不明じゃなくて、合宿中。しかし、しつこく問うが、それならこのチラシは？

「小道具なのさ」アロハのフユモトは上機嫌である。「これもオフレコだけど、僕は彼女たちをフィーチャーして、ＳＦサスペンス映画も同時に撮《と》ってるの。より抜きの美少女たちが、銀河系を制覇しようとするダーク・エンパイア星人に誘拐《アブダクション》されるんだけど、彼女たちの歌とダンスの魅力で逆に彼らを改心させて、全宇宙に愛と平和をもたらすっていうストーリー」

作者はこれまでけっこう恥の多い人生をおくって参りましたが、作家になってこの方、こんなクソくっだらねえ話を書いたことだけはありません。

「現に書いてるじゃんかよ!」

「ピノ、また誰にツッコんでるの?」

自分も突っ込んだピピは、ポーレ君の表情の変化に気づいた。アロハのフユモトの右肩のあたりを指さして、

「あ、あそこに」

そこに尾行役のわらわらがへばりついていて、背中側からこっちへ這《は》いのぼってくる。見るからに息絶え絶えの様子だ。体色も変化している。どぶ川みたいな色だ。

「ん?」

アロハのフユモトの顔が、また歪んだ。黒いサングラスがずれた。

「何だ、こいつは」

太い首をよじり、フユモトは自分の右肩の後ろを見ようと試みた。その動きで、さらにサングラスがずれた。片耳からつるが外れた。

ピピは見た。ピノも見た。ポーレ君も見た。普通の人間なら目が存在するはずの場所が、のっぺらぼうだ。

「やっぱ、こいつモンスターだ!」

腰に差したフライ返しを抜きながら、ピノは跳ね起きる。今度は転ばなかった。

アロハのフユモトの顔色が変わった。

「なるほど、さっきから魔力のコントロール不良が発生していたのは、こんな不純物がたかっていたからなのか」

しゃべるうちに、声が濁ってゆく。あのだみ声だ。こっちが本性だ。

サングラスがフユモトの顔から離れ、床に落ちきらないうちに凍りついて、つるを上に向けて静止した。

「おまえたち、何ものだ」

存在しない眼《まなこ》でピノピを睨み、フユモトは問いかける。だみ声の波動に、汚れた窓ガラスがびりびり鳴る。ピノピは、長靴を履いた右足をずいと差し出してポーズを決め、声を揃《そろ》えた。

「伝説の長靴の戦士だ！」

アロハのフユモトは、だみ声で高笑いを始めた。巨体がまた波打つように震える。その不自然な振動で、関節が皮膚を破って飛び出しそうだ。

「なぁにが伝説だ、小童《こわっぱ》めが！」

アロハのフユモトは肩にとまったわらわらをむんずとつかむと、腕を振り上げて床に叩きつけようとした。ピピがその腕に飛びつき、ほかにどうしようもなかったから、いきなり噛《か》みついた。

同時に、あの真っ黒な櫃が床の上でガタガタと飛び跳ね始めた。銅製の掛け金が壊れてすっ飛んだ。

　誰も手を触れていないのに、重そうな蓋がゆっくりと開いていく。櫃の内張りは血のように赤く、ぬらぬらどくんどくんと脈打っているような——

　出し抜けに、真っ白な光が櫃から溢《あふ》れ出た。刃《やいば》のように鋭く、氷より冷たい光の束が、櫃から放射されてくる。その光の束を押しのけるようにして、何やら不定型な、しかしサイズだけは確実に特大のものが現《あらわ》れ出《い》でる。

「待ってました！」と、ピノは叫んだ。「エリアボスなら、金《かね》と経験値を持ってるな！」

　せちがらいバトルの始まりです。

第４章
魔王がいた街・７

でんでろでんでろでん。

エリアボス登場時のＢＧＭとしては、何とも気抜けするような半端な音色。しかし、ボッコニアンではこれこそが標準的《スタンダード》。

まばゆい光の束のなかから現《あらわ》れ出《い》でた特大サイズのモンスターは、宙に浮いていた。分類するなら〈浮遊タイプ〉だ。それでいて充分に重そうだった。

室内の寒気がいっそう高まった。光の束は冷気の束でもあるのだ。

「ハックション！」

たまらず、ポーレ君がくしゃみをした。吐き出した息が宙で凍りつき、ぱりんと砕ける。さっきのわらわら即製鏡と同じだ。

三人の前に立ちはだかっていたアロハのフユモトが、いきなり着用者が消えてしまったダイバースーツさながらに、ぺちゃりと潰《つぶ》れてその場に小さな山を作った。

でんでろでんでろやかましいモンスターは、身構えるピノピとへたりこむポーレ君の眼前で、薄汚れた天井にまで上昇した。

「ガキども、感動せよ！　この私の真の姿を拝むことができるのだから！」

酔っ払った上にしこたまヘリウムガスを吸った喫煙者のおっさんが、生卵を飲みながら喚《わめ》いているような声だ。

めちゃくちゃ寒いし、眩《まぶ》しい。そのうえ臭い。あんまり日常では起こり得ない感覚の組み合わせに、しかしめげるようなピノピではない。

「何言ってンだ！　てめえ、ただのでっかい風船じゃんか」

そうなのである。敵はまん丸い球体だ。デパートの屋上にあがっているアドバルーン、あれを室内に持ち込んだらこんな感じかな。よく見たら、蓋《ふた》の開いた件《くだん》の櫃《ひつ》と、何か細いロープみたいなもので繋《つな》がっているところまでそっくりである。

「無礼な！」

まん丸い球体が怒声をあげると、その輪郭がぶるぶるとさざ波立った。次の瞬間、そのさざ波が無数の氷の刃《やいば》と化して、一斉に射出された。

「伏せてください！」

こんな急場でも言葉使いが丁寧なポーレ君である。

氷の刃が四方の壁に、天井に、床の上にも突き刺さる。刃がかすめただけの場所には、ブント教授宅の窓にあったような、階下《した》の廃業レストランのテーブルにあったような、滑らか過ぎて溶かしたみたいに見える傷跡が残った。

「冷凍メスの雨あられってか」

ピノが、そんな余裕の台詞《せりふ》をかませられるのは何故《なぜ》でしょう。ピピがとっさにわらわら防御魔法を召喚し、三人の頭上に弾力性に富んだわらわらの天蓋《てんがい》を作ったからだ。

「ほう、洒落《しやれ》たことをやる」

アドバルーン的なモンスターは、ちょっと感心したような声を出した。

「これは面白い。ほ、ほ、ほ！」

寒さに弱いわらわらの天蓋は、三人の上に降り注ぐはずだった冷凍メスの雨あられと一緒に消失した。ピピは魔法の杖《つえ》をかざして跳ね起きる。

「笑ってられるのは今のうちよ。あたしはピピ！　覚悟しなさい！」

ピノもフライ返しを構えながら飛び起きて、滑って尻餅《しりもち》をついた。だもんだから、

「オレはピノだ！」ではなく「痛《い》テぇ！」と叫んでしまった。

「伝説の長靴の戦士は、〈イテエ〉という名なのか。変わっているな」

「うるせえ！　今のは名乗ったんじゃねえ」

「ならば、私も名乗らせてもらおうか」

浮遊アドバルーンモンスターは、そのまん丸い巨体をぶるりと震わせた。また輪郭が
さざ波立ち、無数の冷凍メスが現れる。今度はそれを身体《からだ》のまわりに生《は》やしたまま、冷

気に眩しくきらめかせる。

アドバルーンのど真ん中に巨大な一つ目が現れた。二重瞼《ふたえまぶた》で、やたら睫《まつげ》が長い。そのせいだろうか、どことなく媚《こ》びを含んだ笑みを浮かべているような目つき。

大目玉アドバルーンは呼ばわった。

「世界のすべてを凍りつかせ、久遠《くおん》の眠りへと誘《いざな》う絶対零度の王。崇《あが》めよ、小童《こわっぱ》！　我が名は〈氷の微笑〉じゃ！」

当然、ノーパンです。

ピノは仰天した。「マジで？」

「あんたもいちいち作者のゴタクを真に受けてンじゃないわよ！」

ピピの言う通りです。

「だいたい、こいつがどこにパンツはけるっていうのよ！」

わらわら、あたしたちにも着ぐるみ！　ピピの命令でわらわら魔法がかかる。ピノピもポーレ君もわらわらボディに包まれて、飛んできた冷凍メス第二弾から身を守れたのはいいのだが、

「え？　何だって、わらわら？」

わらわら着ぐるみボディが消えていく。ピピは魔法の杖を耳に押しつける。

「寒すぎてこれ以上は無理ですって？」

そう、わらわら様は寒気に弱い。

「ちょっと待ってよ、バトルはこれからなんだから」

杖を振っても、掌《てのひら》で叩《たた》いても、何も起こらない。わらわらの力を行使できなくなった魔法の杖は、ただの棒きれに成り下がった。

「もうMP切れか」

キャラのレベルが低いうちは、よくあることです。

じゃきーん。〈氷の微笑〉が、次の冷凍メスを生やした。折れても抜けても欠けてもすぐに生え替わる鮫《さめ》の歯みたいだ。

「では、お遊びはここまでじゃ」

「ちょっとタンマぁ！」

冷凍メスの群れが飛んでくる。しかし今度も無事だった。ピノの頭のてっぺんを、何本かのメスがかすめただけ。

ハッと顔を上げると、ポーレ君が膝立《ひざだ》ちになり、自分自身とピノピを庇《かば》っていた。両手で真っ黒なものを掲げている。

よく見れば、それは彼のコスプレの僧服だった。かちんかちんに凍りつき、ポーレ君が身に着けていたときのままの形になっている。それを楯《たて》に使ったのだ。

「早く、階下に逃げましょう！」

　ポーレ君の僧服が砕けた。黒い氷の欠片《かけら》になって足元に落ちる。僧服の下は黒い半袖《はんそで》Tシャツと黒いズボンだけ。剝《む》き出しになった両腕は、鳥肌が立つどころの騒ぎではない。皮膚がうっすらと白い霜で覆われている。

「サンキュー！　ピピ姉、早く！」

　三人は部屋から走り出て、階段を駆け下りた。途中から滑り降り、一階と二階のあいだの踊り場から下は転がり落ちることになった。どこもかしこも凍っていてつるつるだ。

「あのテーブル、あれを楯に使いましょう」

　三人は廃業レストランに転がり込んだ。頭上からは〈氷の微笑〉の高笑いが聞こえてくる。だんだん近づいてくる。

「あの冷凍メス、何回撃てるのかな」

「あいつにだってMP切れはあるよね？」

　だって最初のエリアボスだもんと、ピピが気弱なことを言う。

「まさか無尽蔵に撃てるわけないわよ。そこまで手強《てごわ》いわけがない！」

　皆さん、ご経験がおありでしょう。最初のエリアボス戦で何度も負けて、コントローラーを放り出しちゃったこと。

　それでもまっとうなゲームなら、手強そうに見えても何かしら弱点があって、それさえわかればあっさり倒せたりするもの。そうでなかったら娯楽にならない。商品になりません。

でも、ここはボッコニアンです。売り物にならなかったアイデアでできた世界。

〈このエリアボスさあ、ちょっと強すぎるから調整しよう。それにビジュアルもダメダメ。とっかえといてよ、クリハラちゃん〉

とか何とかいって闇《やみ》に葬り去られた悲しきモンスターが、〈氷の微笑〉なのかもよ。

ズバババババ！　言ってるそばから、冷凍メスを乱射しながら〈氷の微笑〉が一階まで降りてきた。

「どうしよう？」

「何か情報を取り忘れているのかもしれません。リセットしますか？」

「できるわけねえだろ！」

〈氷の微笑〉の巨体は、廃業レストランの狭い通用口でつっかえているらしい。今、また冷凍メスを撃ち出して、壁ごと砕いて攻めてくるつもりらしい。

「ねえ、ピノ」

ピピがピノの腕をつかんだ。

「さっき言ってたよね？　あたしたちがおじいちゃんとおばあちゃんを家ごと凍らせちゃったときのこと」

〈フォード・ランチ〉凍結事件だ。

「あれは、あたしたち双極の双子が揃《そろ》うと発動する魔法の力のせいだった」

「今ごろそんなこと考えてどうすンの」

「いいから聞いて。あのときは、まわりが温暖だったから、暴走した魔法力のせいで気温が下がっちゃった。だけど、まわりが絶対零度みたいだったら、どうなる？」

　ピノにはわけがわからない。

「まわりが寒かったら、暴走するあたしたちの魔法力は、逆の現象を引き起こすんじゃないかしら？」

　言いながら、既にしてピピは首のペンダントの紐《ひも》をつかんでいる。潔く、それを引きちぎった。

「ピノ、ペンダントを外して」

　ためらっているピノの首元から彼のペンダントも引きちぎると、ふたつまとめてつかんでポーレ君の鼻先に突きつけた。

「ポーレ君、これ持って逃げて。ここからできるだけ遠くへ逃げて！」

　ペンダントの効力が及ばなくなるところまで。

「で、でも」

　あわあわするポーレ君は、顔まで白く霜をかぶっている。

「いいから早く！」

「わ、わかりました。お二人とも頑張って！」

ポーレ君は滑ったりよろけたりしながら立ち上がると、廃業レストランの正面入口へと走った。走り方がぎこちないのは、ズボンが凍っているからだ。

通用口の周りの壁のあちこちに穴が空いた。そこから〈氷の微笑〉の冷気の光が差し込んでくる。窓のブラインドが外れて落ちて砕けた。

「ピノ、もうひとつ」

「今度は何だよ？」

「この冷気で、あたしたちのベストの効力も切れてる可能性がある」

寒さに弱いわらわら様の糸でできているベストなんだから。

「――HP回復機能がないってことか」

「そう。だから」

ピピはきりりとまなじりを決した。

「速攻で決めるよ！」

決めるったって、魔法抜きのアナタはどうするの？

通用口とその周囲の壁が完全に壊れた。ガラガラと崩れていく。〈氷の微笑〉が高笑いと共に再登場した。

「小童どもめ、観念おし！」

これで何発目かわからない、どうやら本当に無尽蔵に撃てるらしい冷凍メス軍団が飛来する。ピノピはテーブルを楯にしてその陰に縮こまった。

その時。

画面の外なので見えませんが、ポーレ君がペンダントの効力範囲外に達しました。

ピピは、ピノは、身体が浮くのを感じた。反射的にお互いの顔を見た。次の瞬間には、てんでに目を見開いたまま、廃業レストランの荒れた店内を横っ飛びに飛ばされていた。

双極の双子の力が発動したのだ。

ピノピを吹っ飛ばした相反する力の波動は、熱波となって〈氷の微笑〉をも揺さぶった。悠々と浮遊していた〈氷の微笑〉が、バランスを失って階段のところまで飛ばされた。

「な、何をする！」

「こっちにも何だかわかんないのよ！」

叫ぶピピは、それでも晴れやかな顔をして立ち上がる。

「ピノ、わかる？　感じる？　身体じゅうに力が湧《わ》いてくる！」

ピノは自分の身体を、両手を広げて見下ろしていた。ピピの言葉のとおりだ。何だか身体が光ってる。凍りつき始めているせいではない。それどころか、さっきまで腕や首を覆っていた霜が溶け始めた。

ピノは拳《こぶし》を握りしめた。湧いてくる力を握りしめた。

「おっし、上等だぁ！」

近くにあった丸テーブルをひっつかむと、それを持ち上げるついでに頭の上でくるりと回してから〈氷の微笑〉に投げつけた。丸テーブルの直撃を受け、〈氷の微笑〉は床に落下、球体らしく二、三度バウンドしてみせた。

「すっごい、バカぢから！」

喝采《かっさい》して、ピピはレストランの椅子を片手でひっつかむと、次から次へと投げつけ始めた。的がでっかいから、面白いように命中する。椅子がぶつかるたびに、また浮遊しようとする〈氷の微笑〉がバウンドする。

そのあいだにも、凍りついていた店内の備品が溶け始める。床が水で濡《ぬ》れて、さらに滑りやすくなった。

「このガキめらが、無礼な！」

怒りの雄叫《おたけ》びをあげ、〈氷の微笑〉が冷凍メスの群れを放った。ピノとピピは互いに駆け寄った。また相反する力が発動する。飛び出した魔法の力が、空を切る無数の冷凍メスを押し戻しながら溶かして、溶かして、完全に溶かして無数の水滴に変え、〈氷の微笑〉を水の波動でぶっ飛ばした。

廃業レストランの窓という窓のガラスが、一斉に外に向かって砕け散った。外気が入ってくる。

それでピノピも初めて気づいた。この室内は、アクアテクの街中よりも蒸し暑くなっている。しかも、さらに上昇中だ。

「う、う、う」

床に落ちた〈氷の微笑〉が、呻《うめ》き声をあげながら転がっている。冷凍メスを生やすのだが、生えるそばからどんどん溶けて先端が丸くなり、消えてしまう。

ピノは汗をかいていた。ピピの顔も暑さで上気している。

「もう氷の刃は使えねえな！」

ピノの歓声に、〈氷の微笑〉は凶悪な目つきになった。そのまん丸な身体が不穏に歪《ゆが》み、波立ち始めた。今度は輪郭ではなく、全身が波打っている。

「小癪《こしやく》な小童めが。こうなったら私も本気を出すぞ」

〈氷の微笑〉の色が変わっていく。白濁した氷の色から、青白く底光りする、不吉な満月のような色合いに。

「その身で、この私の〈プラズマコールドハート〉を味わうがよい！」

またぞろ部屋の両端に吹っ飛ばされていたピノピだが、〈氷の微笑〉から伝わってくる不気味な鳴動を、同時に感じた。

「ピノ！」

ピピが差し出した手を、ピノはつかんだ。

〈氷の微笑〉が一つ目を閉じた。

その丸っこい身体から光が迸《ほとばし》った。巨大な閃光《せんこう》。すべてのものを瞬時に凍らせ、無に帰してしまう絶対零度の光だ。

ピノピは手と手を繋ぎ合わせ、気がついたら、誰に教えられたわけでもないのに、それぞれの空いた手を前に突き出していた。掌をかざし、絶対零度の光を遮《さえぎ》っていた。

まばゆい光が室内に満ちた。〈氷の微笑〉のプラズマだけではない。双極の双子の相反する力がそれに拮抗《きっこう》し、せめぎ合っている。

ぶつかり合った光とエネルギーが爆発した。

ピノピは思わず目を閉じた。

また身体が浮いて、ゆっくりと落ちる。長靴の足の裏が床に着地する。

目を開くと、何事も起こっていないように見えた。

テーブルと椅子は、あらかた〈氷の微笑〉に投げつけてしまった。窓のブラインドはとっくに凍って砕けて消えた。だから、一見何も変わっていないように見えた。

だが、ピノは見た。ピピのほっぺたに夕陽《ゆうひ》が照り返している。アクアテクの夕陽が。

「え？」

ピノピは同時に頭上を仰いだ。天井が消えている。夕空が見える。抜けちゃった？

それはつまり、四階建てのこのビルの、一階以外がそっくり消えて失《な》くなったということだ。
爆発で粉砕された？　だったらもっと賑《にぎ》やかなはずだ。残骸《ざんがい》だって残るだろう。そうじゃない。本当に消えてしまったのだ。〈氷の微笑〉が放つ冷気の魔法と、双極の双子が生み出す相反する魔法の力の衝突に呑《の》まれて、分子分解されてしまった。
〈氷の微笑〉はべったりと床に落ちていた。また一つ目が開いている。その目が泳いでいる。球体の身体を震わせて冷凍メスを生やそうとしているが、ただ無様にぶるぶるするばかりだ。
「何と……おまえたち……何という力だ」

ピピはピノの手を離すと、そろりそろりと後ろに下がった。

「ピピ姉」

ピノは〈氷の微笑〉に一歩近づいて、つい吹き出してしまった。

「見なよ、こいつ、つけ睫だったんだ！」

エネルギー衝突の衝撃で、睫が外れてぶら下がっております。

「ちゃんと見てるわよ」

腕組みをしたピピは、弱い者いじめをする女子校の女王様のような笑い方をした。

「つけ睫だけじゃないよ、ピノ。ちょっと瞼を引っ張ってごらんよ。そっちも半分、剝《は》がれかけてない？」

ピノが手を伸ばすと、〈氷の微笑〉は後ずさりした。

「あ、ホントだ」ピノは驚くというより感心した。「アイプチも使ってンのかぁ」

一重瞼を二重瞼にする接着剤みたいなものでございます。

「男のクセに——って、そういう考え方は古いのか。でもおまえ、ちょっとオネエ入ってるよなあ？」

というか、そもそも性別があるのかなあ。

ピノは〈氷の微笑〉の半ば剝がれた二重瞼をちょいちょいと引っ張った。

「ぶ、無礼な……無礼な……」

ピノは大目玉のそばにしゃがみ込んだ。

「なあ、おまえ。あの気色悪いフユモトを容《い》れ物に使って、いったい何を集めてたんだ？」

〈氷の微笑〉はピノから目を逸《そ》らして逃げようとするのだが、身体全体が目玉なので、ちょっと無理だった。

「集めたものをゲロゲロ吐き戻したりしてただろ？　あれは何だったんだ？」

「……ヒトの……野心というエネルギーだ」

「野心？」

「目立ちたがり屋のエネルギーだ」

「それがおまえの餌《えさ》になるの？」

ピノは首をかしげた。本当に不思議だったからだ。

「野心って、熱いもんだろ。それを集めて冷凍光線を出すなんて、おまえ変わってるな」

「熱きものから破壊の冷気を生み出すからこそ、私はモンスターなのだ」

このアクアテクは享楽の街だと、〈氷の微笑〉は言った。あいにく、ピノには〈きょうらく〉という難しい言葉の意味がわからない。

「愚かなヒトどもが浮かれ騒ぎ、一時の快楽を求める場所。そのアクアテクを、小娘どものの日立ちたがり心が生み出すエネルギーで凍りつかせる。それが私の役目だった」

口惜《くちお》しい――と、〈氷の微笑〉は泣いた。

こうも素直に泣かれるとナンだよなぁと、ピノは鼻の頭を掻《か》いたりして。

そして気づいた。こいつと件の櫃を繋いでいたロープみたいなもの。まだ繋がっている。櫃の方はどこかとぐるりを見回すと、かろうじて残っている階段の一階と二階のあいだの踊り場に、ちょこんと存在していた。四階から落ちてきたのだろう。

それにしてもこのロープみたいなもの、間近に見ると生々しい。へその緒みたいだ。

「これ、何だ？」

今度はつんつんとそれを引っ張ってみると、〈氷の微笑〉は戦《おのの》いた。

「私と魔王を繋ぐ糸だ」

引っ張らないでくれ、千切らないでくれ、と言われるかと思ったら、逆だった。

「長靴の戦士よ、これを切っておくれ」

「へ？」

「おまえたちに敗北し、私はミッションを果たせなくなった。魔王はお怒りだ。私はすぐにも焼き尽くされる。どうか切っておくれ」

ピノは振り返ってピピの顔を見た。ピピは軽く肩をすくめた。

「だけど、ハサミとか持ってないんだ」

「さっきは妙な武器を持っていたではないか。あれで切っておくれ」

フライ返しだ。机を投げているうちにどこかへ放ってしまったかと思ったら、ちゃんと腰のベルトに戻していた。ピノは、自覚しているよりは几帳面《きちようめん》なのだ。

「こんなんで切っていいの？　痛くないの？」

「いいから切っておくれ」

ほとんど懇願だ。しかもぼろぼろ泣いている。ピノは気乗りしなかったが、仕方がない。フライ返しの金属部分を使い、ぐりぐりとへその緒を切り始めた。

切っているうちに、へその緒に変化が起こった。踊り場にある櫃の方から、じりじりと燃え始めたのだ。火花をあげ、嫌な臭《にお》いをさせながら燃え進んでくる。すると〈氷の微笑〉はさらに怯《おび》えた。

「早く、早く切っておくれ！」

なにしろフライ返しなので、切れ味が悪い。ピノが何とかへその緒を断ち切ったとき、じゅっという音がして、火花がそこに散った。

危ないところだった。櫃の方はどうなっているのかと目をやると、驚いたことに、外形だけはそのままに、青白い灰になって燃え尽きていた。

「これでいいのかよ」

ありがとうと、〈氷の微笑〉は言った。ますます可哀相《かわいそう》になってきて、ピノはつけ睫の位置を直してやった。

「もうひとつ頼みたい。私をボッコニアンの天に帰しておくれ」

「帰すって――」

天に帰す。あの空の上に？　こんなでっかくて、ぶよぶよしたものを？

「どうすりゃいいのかなあ」

呟《つぶや》いて、ピノは自分の手にしているフライ返しに目を落とした。

〈氷の微笑〉はでっかい一つ目。今やべったりへたれて広がってしまい、半分だけ食べ残した目玉焼きみたいだ。

目玉焼きをひっくり返すのに、便利な道具は何？

「フライ返しか」

納得した。ピノはフライ返しを持ち直し、腕にも腹の底にも力を込めて、腰を落とした。

「ンじゃ、行くぞ」

〈氷の微笑〉が目をつぶった。心なし、微笑《ほほえ》んでいるようだ。

「そうれっと！」

かけ声をかけて、伝説の長靴の戦士の片割れは、一つ目モンスターをフライ返しに載っけ、大きく天へと放り上げた。

「あ〜りがとう〜」

中空高く舞い上がり、そこで見事に反転して、〈氷の微笑〉は夕空の彼方《かなた》に吸い込まれていった。

「目玉焼きをひっくり返す焼き方、サニーサイドアップっていうのよね」

用心深くピノから距離をとり、ピピも天を仰いで言った。

「行っちゃったね」

「うん、行っちゃった」

と、その時。

〈氷の微笑〉が消えた夕空の彼方から、何かが落ちてきた。小さいけれど固いもの。風を切って落下して、双子の真ん中に落ちた。

かちん。そして、小さな水しぶき。あたりは水びたしになっているのだ。

ピノピはしばし、顔を見合わせた。

ピピがゆっくりと足を踏み出し、長靴で水たまりに踏み込んで、落ちてきたものを拾い上げた。目の上にかざしてみせる。

鍵《かぎ》だ。

「タグがついてる。何か書いてあるよ」

ピピは、声に出して読みあげた。

「かいろうとしょかん　いりぐちのかぎ」

わかりやすいことこの上ないですが、身も蓋もなくてすみません。

第４章
魔王がいた街・8

鍵《かぎ》はあれども、鍵穴はなし。

「回廊図書館の入口ってどこだ?」

ここまで、何のヒントもなかった。

「市庁舎の、あの安置室に戻ってみたらどうかしら。あそこでお告げをもらったんだし」

「市長のハゲ頭に映してな」

二階から上がきれいに消失してしまい、残った部分は凍結状態から水びたし状態に変わっている廃ビルのなかである。ビルの周囲には、一連の騒動に驚いたアクアテクの街の人びとが、何事かと集まり始めていた。

と、そこへ。

「——なぁぁぁ〜い」

遠くから叫び声が聞こえてくる。ピノピはきょろきょろした。遠巻きながら野次馬の輪ができつつあるので、手近に見えるのはびっくり仰天している人たちの顔ばっかりだ。

「――ないからぁ～――てくださ～い」

ピピはぱちりと目を瞠《みは》った。「ポーレ君の声じゃない？」

確かにそうだ。路地の向こうからポーレ君が駆けてくる。走りながら両手を振り、ずっと叫び続けている。息が切れて、何を叫んでいるのかよくわからないのだ。

「ポーレ君、あのモンスター、やっつけたわよ！」

ピピが大声で呼びかけたとき、ポーレ君が、一段と声を張りあげた。

「危ない！　避《よ》けてください！」

そのとき、ピノピの頭上にすうっと暗い影がさしかけた。二人は同時に上を仰いだ。

「うわ～！　ピピ姉《ねえ》、避けろ！」

ピノはとっさにピピを突き飛ばし、自分も一緒になって横っ飛びに飛んだ。次の瞬間、さっきまで二人が立っていた場所に、風を切ってくるくる回りながら、何かが落下した。

どすん！　と着地。

ピノピはあんぐりと口を開いた。

何とまあ、扉である。凝った彫刻の装飾がほどこされた重そうな木製の扉で、ノブはいい感じにアンティーク調の真鍮《しんちゆう》製だ。扉の中央やや上の部分には獅子頭《ししがしら》を模したノッカーが付いていて、その獅子の鼻の頭に殴り書きのメモが貼り付けてあった。

〈回廊図書館　入口はこちら〉

やっつけ仕事だ。

「こ、これが、回廊図書館への入口」

ピノピは依然、口を開けっ放しだ。誰の発言かと思ったら、ようよう野次馬をかき分けて二人のそばに到達したポーレ君だ。すっかり息があがっている。しかも、

「ポーレ君、身体《からだ》じゅう血だらけよ！」

言われて、我に返ったように両手を広げて自分の身体を検分したポーレ君は、すぐ言った。「お二人もですよ。怪我《けが》したんですか？」

ホントだ。ピノピも身体のあちこちに血がついている。ヒリヒリ痛い。

「わかった、服が凍ってたからだよ」

その状態で派手にアクションしたし、ポーレ君はローブを脱いで楯《たて》にしたりしたから、擦り傷いっぱいになってしまったのだ。

今は服が溶けてびしょびしょになり、肌にべったりくっついて、いくら温暖なアクアテクであっても、さすがに冷たい。ほっとしたせいもあって、急激に冷えを感じてきた。

「こ、これは、汚れてないと、おお思うんですけど」

ポーレ君は、ズボンのポケットからピノピのペンダントを取り出した。差し出す方も受け取る方も、冷え冷えで震えちゃう。

「そそれにしても、回廊とととと図書館のいいいいい入口が、そ、そそそ空からふふふ降ってくるとは」

遠くにいたポーレ君の方が、遥《はる》か頭上から落下してくる扉に早く気づいたもんだから、大声で警告してくれたわけである。うかうかしていたら、せっかくの入口の下敷きになるところだったピノピだ。

「この、か、鍵が先に、降ってきて、さ」

しゃべる言葉もぶるぶるだ。鍵をつまんでポーレ君に見せるピノの指先も、残像が残りそうなくらい派手に震えている。

「君たち、大丈夫か？　いったい何があったんだい？」

野次馬のなかから、作業服姿の体格のいいおっさんが一人進み出てきた。遠くからサイレンの響きも近づいてくる。アクアテクの消防隊かな。

「な、な、何でも、あ、あ、あ、ありません。ちちちちちょっと、ババババババトル、し、しただだだだだけでででです」

「お、おじさま、すすすすみませんが、もももも毛布とかあったら、おかかかか借りできませせせせせせんか」

ピピの丁寧なお願いに、おっさんは即座にどこかからか毛布を調達してきてくれた。三人ですっぽり、身を包む。見れば、毛布にはでっかく〈アクアテク　ハッピー商店街消防団備品〉と記されていた。どうやらこの近くにはハッピー商店街というのが存在するらしい。

それはともかく。

「じゃ、行こう」

「僕も一緒に行っていいですか?」

「もちろん!」

ピノが回廊図書館入口の扉を開けた。扉の向こうへ足を踏み出す。ピピが続く。で、ポーレ君も続こうとすると、何かに押し戻されるような感触があった。

「え?」

ポーレ君の鼻先で、扉が閉まった。

「やっぱり、僕は所詮《しょせん》、ＮＰＣ《ノン・プレイヤー・キャラクター》なんだ……」

愁嘆場のうちに、回廊図書館入口の扉が音もなく消失した。出てくるときには派手だったくせに。

あとには、しょげているポーレ君を囲んで、野次馬の皆さんが目をぱちくりさせているばかり。

扉の向こうには、部屋があった。

大して広くはない。床は絨毯《じゅうたん》敷き。中央にどっしりした袖《そで》付きの机が据えてあり、右手の壁には暖炉があって、火が入っている。左手の壁一面は引き出し式のキャビネットになっていて、そのひとつひとつに小さな見出しがついている。窓はないけれど、そこここに配置された電気スタンドと、暖炉の炎の放つ光で、室内は充分に、そして居心地いい雰囲気に照らし出されていた。

おかげでピノピは、またぽかんと口を開いてしまうようなものをはっきり見ることができた。

ものと呼んでは失礼か。生きものだから。いや、生きものなんだろう、たぶん。かぶりものかもしれないが。

フネ村の学校の校長室にあるよりも上等な机に、きちんと背筋を伸ばして腰かけているのは、羊だった。

ただ座っているだけではない。正装している。いわゆる黒服——燕尾服《えんびふく》なのかな。上着の裾が見えないのでわからない。白いシャツの襟《えり》は粋に折り返されており、黒白縞《しま》のネクタイを締め、鼻眼鏡《はなめがね》までかけている。

しかし、羊だ。

「いらっしゃいませ」と、羊は言った。溶かしバターみたいに滑らかな声だ。

ピノピは同時に口を閉じた。

「回廊図書館の利用手続きにお越しのお客様ですね」

慇懃《いんぎん》な口調である。

「ではこちらにご記入を」

羊は机の引き出しを開けると、優雅な手つきで書類を二枚、取り出した。それを机の上につつっと滑らせ、ペン立てをこちらに向ける。机の上にはほかにも、〈既決〉〈未決〉と記した二つの書類受けと、古風な回転式の名刺入れ、金属製のプレートに載せたインク壺《つぼ》とインク消し。文具入れらしい小箱もあり、革製のファイルが何冊か立ててある。ファイルの背中には何か金文字が記されているが、たぶん神代文字《じんだいもじ》なのだろう、ピノピには読めない。

そこでピノピは気づいた。「あれ？　ポーレ君は？」

黒服に鼻眼鏡の羊が慇懃に応じた。「ここにお入りになれるのは、資格をお持ちの方だけでございます」

伝説の長靴の戦士だけってこと。久々に、特別扱いを受けるピノピだ。

「回廊図書館を利用するには、ここで手続きしなくちゃいけないんですね」

ひとつ息をついて、ピピが丁寧に問いかけた。羊は無言で顎《あご》を引くようにしてうなずく。

「わかりました。じゃ、書きます」

ピピはピノを肘《ひじ》で小突いてせっつき、二人で机に歩み寄る。件《くだん》の書類に目を落とすと、ざっとこんな記入事項が並んでいた。

「おなまえ」

「すんでいるところ」

「せいねんがっぴ」

「がっこうめい」

「ほごしゃのおなまえ」

伝説の長靴の戦士は十二歳限定だからなあ。

書類のいちばん下の欄には、こうあった。

「りようもくてき」

ペンを片手にカンニング。ピピは何やら長々と書いている。自分たちが伝説の長靴の戦士であることから始めて、お告げを受けたことまで。

ピノは簡潔に、「魔王に用がある」と書く。いいじゃんか、わかりやすくて。

書き終えると、書類の向きを逆にして羊に差し出す。羊は鼻眼鏡を軽く押さえながら、二人の書類を確認した。

「あのぉ」と、ピノは口を開いた。もう我慢できない。

ピピにはお見通しだった。そろそろあたしの弟のガマンが切れるころだと察していたのだ。口の端で素早く言った。「余計なこと言わないの」

「だってさ、ピピ姉」

笑っちゃうじゃないか。

「おたく、どうしてヒツジなの？　執事だけに羊って、洒落《しゃれ》？　フッー、図書館にいるのは司書だと思うんだけど」

やめなさいと、ピピがまた囁《ささや》く。ピピ姉は羊牧場で育ったから、羊の機嫌がわかるのかな。やっぱ、気を悪くしてるみたい？

羊は慇懃に答えた。「手前は司書でございます」

「だってヒツジじゃん」

「指さしたりして、失礼でしょ！　ごめんなさい、司書さん」

ぴしりと叱《しか》られて、ピノは首をすくめた。

羊司書は小箱を開けて、大きなスタンプを取り出した。番号印字用の、数字の部分を回して合わせるタイプのものだ。

がちゃん！　二人の書類の裾《すそ》にスタンプを押すと、今度は別の引き出しから小さなカードを取り出した。

「こちらが利用者カードでございます。ただいま作成いたしますので、暫時《ざんじ》お待ちを」

ピピは緊張しているし、真顔だ。ピノはどうしても笑いを堪《こら》えるだけで精一杯だ。ヒツジのくせに器用だなあ、蹄《ひづめ》で何でもできちゃうんだ――なんて考えていて、ふとあることに気がついた。

うつむいてカードに記入している羊司書の鼻筋に、面妖《めんよう》なものがある。

――縫い目みたいだ。

古くなってほつれたぬいぐるみを繕った跡みたいだ。

だけど、この羊司書は（それがどんなにヘンテコであっても）生きものだ。少なくとも生きもののように見える。断じてぬいぐるみではない。

――向こう傷？

若かりし頃のタイマンの古傷だったりして。

「では、お名前などに間違いがないかどうか、どうぞご確認ください」

ピノピはそれぞれカードを手にとって確認した。

「はい、間違いありません」

どこまでも生真面目《きまじめ》なピピである。羊司書の方も慇懃なまま、机の上で両手の蹄を合わせて二人に向き直った。

「そのカードは大切なものでございます。紛失されませんよう」

「わかりました。大事にします」

さて――と、鼻眼鏡ごしに、羊司書はすくうように二人の顔を見比べる。

「お二人は魔王との会見をお求めですね」

はいと、ピピが凜《りん》として答えた。

「あなたも」

念を押されて、ピノも首を縮めるようにしてうなずいた。

「魔王との会見は、たやすく実現するものではありません。お二人は、これから魔王が授ける試練を乗り越えることにより、お二人の気持ちが真剣であり、その意志が強固であることを証明しなくてはならないのです」

魔王は——と、羊司書は暖炉の方へ顔を向けた。

「今、天上の居城でこの世界の運行を見守っておられます」

暖炉の上には、重そうな額縁に収められた一枚の絵がかかっていた。さっきもあったかな？　気がつかなかっただけか。

そこには、夕陽《ゆうひ》を背にして、高い尖塔《せんとう》をいただく古城が描かれていた。

「あれが魔王の居城なんですね」

ピピの声がいささか上ずっている。ピピ姉、意外と雰囲気に吞《の》まれやすいんだな。

「左様でございます」

「で、この城はどこにあンの？」

ピノの問いかけを黙殺して、羊司書は続けた。「魔王が面会者に与える試練は、地上に散らばっている六つの鍵を集めることでございます」

「鍵——ですか」

「左様でございます。魔王に至る鍵は七つございますが、お二人は既にこの入口を開ける鍵をお持ちでございますので、残りは六つになるのでございます」

「残りの六つの鍵で、魔王の居城に至る扉を順番に開けていくんですね？」

ピピの言葉に、羊司書はにっこりした——ように見えた。何分、ピノには羊の表情は読み取れない。

「正確には違います」

そう答え、羊司書は椅子を引いて立ち上がった。「どうぞこちらへ」

そして机の後ろの壁に向き直る。おや？　扉がある。入口の扉とよく似ているけれど、獅子頭のノッカーはついていない。

こんな扉も、さっきまではなかったぞ。机の後ろ、入口の正面は壁だった。

羊司書はそのドアを開けると、二人を促して先に進んでいった。

「礼儀正しくするのよ、ピノ」

きつく言い置き、表情を引き締めてピピが歩き出す。へいへいと、心のなかだけで返事をしてピノもついていく。

そんなピノでも、奥の扉の先に広がっていた光景には息を呑んだ。

まさに回廊だ。

等間隔に立ち並ぶ大理石の柱。床は玉《ぎょく》でできているのか、つるつるですべすべだ。柱と柱のあいだには透明な壁が立っている。ガラス？　いや、この重量感からして水晶かもしれない。

透き通った水晶の壁の向こうには、ぎっしりと書物の詰まった書架が、延々と連なっていた。何万――いや、何十万、何百万冊もの本、本、本。

「……凄《すご》い」と、ピピがため息をつく。

「ここが回廊図書館でございます」

羊司書は少し反《そ》っくり返っている。

「これが全て、魔王の本なんですね」

「はい。歴代の魔王が収集してこられた蔵書でございます。この世界について、本当の世界について、余すところなく書き記された英知の書が集められております」

ピノはまばたきして、目を凝らした。そりゃ凄い話だけれど、この図書館、変だぞ。

「ここ、どうやって中に入るんだ？」

前を向いても後ろを振り返ってみても、緩やかな弧を描いて視界から消えてゆく、始まりも終わりも見えない水晶の壁。その向こうの書架の列。

どこにも扉が見当たらない。

羊司書がちょっと鼻を鳴らした。「それこそがお二人の試練」

と、言いますと？

「回廊図書館に入室するための扉は、お二人がひとつ鍵を見つけるたびに、ひとつ出現いたします。この水晶の壁の列のどこかに」

鍵がなければ、何人《なんぴと》たりとも立ち入ることはできない。まず鍵があって、次に扉が現れる。さっきと同じ手順のわけだ。

「鍵を見つけて、回廊図書館に入る。六つ見つけて、六回入る」

確認するように、ピピが言った。

「それからどうするんですか？　中に入るだけじゃ駄目なんでしょう」

羊司書は満足そうにうなずいた。「書架のなかから、『伝道の書』を見つけてください。鍵と同じ数、六冊ございます。お二人が六冊の『伝道の書』を手にされたとき、魔王の居城への道が開かれることでしょう」

手間かかるんだなあ。公共図書館は、利用者カードさえ持ってればすぐ使えるのに。

「『伝道の書』ですね」

ピピは感動しているらしい。ハッピー商店街消防団備品の毛布のおかげで、もう寒くなくなったから、声の震えは心の高ぶりのせいだろうと思われる。

「わかりました。わたしたち、二人で頑張ります！」

我を求める者、回廊図書館を見いだせ。

——見いだした後の方が面倒くさいってこと、先に言っといてほしかったなあ。

最近、新しいＲＰＧ《ロールプレイングゲーム》を始めると、システムに慣れるまで、つい不謹慎にも「ああ、メンドくせえなあ」と思ってしまいがちな作者は、ピノの言い分もちょっぴりわかります。わかりますけど、でもね。そもそも生きることって面倒くさいんだってば、ピノさんや。


帰還。

てっきりあの廃ビルに戻されるのかと思っていたら、違った。ピノピがぽぽんと帰り着いたのは、何とブント教授宅のリビングのど真ん中。そこには教授とポーレ君と、行方不明だったミンミン嬢も顔を揃《そろ》えていた。

「わ！」

互いに驚き、次の瞬間には手を取り合って再会を喜んだ三人だが、ピノの驚きのなかには少しばかり邪念も混じっていた。

ミンミンは、写真より実物の方がもっと可愛《かわい》いのでした。

大いに興奮し、三人はこれまでの経験を語り合ったり報告し合ったり質問攻めにし合ったりして、それからようやくミンミンの話を聞いた。もっとも彼女は、あのダンスアカデミーを訪ねてフユモトに会ってから以降の記憶をきれいに失っていた。

「ミンミンが我に返ったのは、ちょうどお二人が〈氷の微笑〉を倒したときだったようです。あいつの魔力の支配が消えたからでしょうね」

ピピがポーレ君に笑いかけた。「あいつを倒したのはあたしたちだけじゃないわよ。ポーレ君も大活躍だったの」

ポーレ君の機転と行動力に助けられたことの詳細を、ピピは迫力満点に語った。ミンミンが「へえ～」と感心して、ポーレ君はひたすらはにかむ。後ずさりして書籍の山に隠れようとするのを、ピノが引っ張り出した。

「だけど、腹立つなあ。何よ、その怪物」

ミンミンはおかんむりである。

「目立ちたがり屋のエネルギーなんて、失礼しちゃうわよね」

「まあまあ、いいじゃないか」ブント教授が宥《なだ》める。

「ところでお二人さん、ミンミンが戻ってきてから調べてみたら、あのダンスアカデミーで踊らされていた女の子たちの自宅には、みんなおかしな文字が出現していたことがわかったよ」

窓ガラスに浮かんだ〈夜露死苦《よろしく》〉だ。

「してみると、あれは〈氷の微笑〉の犯行声明だったようだね」

根がヤンキーなヤツだった。

「最期《さいご》は、ちょっと可哀相《かわいそう》だったんですよ」

思い出して、ピピはしんみりした口調になった。

「あたしたちに負けて、魔王に焼き尽くされてしまうって、あいつ――」

「しょうがねえだろ、手下《てか》なんだから。使いっ走りのチンピラみたいなもんだ」

氷漬けになるか、氷のメスで切り裂かれるかどっちかで、こちらも必死だったのだ。

「そうだねえ。あのまま誰も気づかずに放っておいたなら、アクアテク全体が氷河期のようにされてしまったことだろうし」

それならそれで、スキー場として繁盛するという道があったかもしれないが。

「あ、そうだ！」ポーレ君がはっとピノピに向き直った。「お留守のあいだに、もうひとつわかったことがあるんですよ。ピノさんの幼なじみの」

「パレのこと？」

飛びつくように言ってしまって、ピノは照れ隠しに鼻の頭を擦《こす》った。

「あいつ、やっぱ引っ越したのかな」

それが――と、なぜかしら困ったように、ポーレ君はブント教授の顔を窺《うかが》う。

「ダンスアカデミーの生徒のなかに、パレさんの同級生だった女の子がいてね」と、教授が言った。「レストラン〈カンラガンラ〉にも行ったことがあるというので、いろいろ教えてもらってきたんだ」

それによると、パレも行方不明だというのであった。

「今度の件とは関係ないよ」教授は急いで続けた。「パレさんがいなくなったのは、一昨年《おととし》の今日、魔王記念日のことだった」

「いなくなったって」

「家出したんだよ。書き置きがあった」

教授は、ピノの気持ちを思いやるように、優しい口調になった。

「パレさんは養女だったそうだね？」

「はい。実の親は離婚しちゃって」

「多感な年頃だし、いろいろ複雑な問題があったんだろう。ただ、パレさんの養父母はいい人たちだったようだよ。彼女が家出したあと、心当たりを必死に探し回っておられたそうだから」

だが、パレは見つからなかった。そうこうするうちに〈カンラガンラ〉のある地区に再開発計画が持ち上がり、

「パレさんの養父母は、思い切って店をたたんで、他所《よそ》の街へ移られたそうだ」

——何だよ、パレ。

せっかく新しいお父さんお母さんができたのに、勝手に家出するなんて。

「そういうことなら、もういいです」

自分で思っている以上に投げやりな言い方になっていたらしく、残りのみんなが顔を見合わせるなかで、ピノはぷいと横を向いた。

「お二人がこれからあちこちへ旅するあいだに、ばったり会えるかもしれませんよ」

ポーレ君の言葉に、ピピも同調した。

「そうよ。行く先々で、パレのことを知ってる人がいないか訊《き》いてみましょう」

「いいってば」

「でも心配でしょ？　一人で家出なんて」

「あいつは平気だよ。本人だって覚悟の上だったんだろうから」

「もしかしたら、その子もアイドルになりたかったのかもよ」と、言い出したのはミンミンだ。「南部にあるパールバトンっていう街には、有名なタレント養成所があるの。

素質のある子なら、授業料無料《ただ》で面倒みてくれるんだって」

「ミンミン」と、教授が窘《たしな》める。

「わかってます。あたしは家出なんかしないから安心して、パパ」

でも、あたしもいつかはパールバトンへ行きたいと、目を輝かせる。「今度だって、パパが最初からあたしをパールバトンへ遣《や》ってくれれば、あんな怪しげなダンスアカデミーに引っかかることもなかったんだよ」

「それとこれとは話が別だ」

「いいえ、パパがあたしの夢を理解してくれないから悪いのよ」

「私は充分に理解と協力を」

父娘喧嘩《おやこげんか》が始まってしまったので、ピノピとポーレ君は失礼することにした。こっそり玄関を出るときに、

「ところでポーレ君、擦り傷がきれいに治ってるみたいだけど、どうしたの？」

「そういえばお二人も」

ピノピの場合は、わらわら様の青たんベストのHP回復能力が復活したおかげだろう。

ピピがペンダントで確認してみると、

〈HP回復中　HP回復中〉

さらに別のメッセージも聞こえてきた。

〈魔法の杖《つえ》からお知らせがあるそうです〉

ピピは握りに滑り止めがついている魔法の杖を取り出してみた。

〈新しい魔法をひとつ覚えました〉

「エリアボスを倒したからかしら？」

勇んで杖を振ってみようとすると、

〈危険なのでここでは試さないでください〉

ピピは素直に杖をしまった。

「僕の傷が治ったのは、トリセツさんのヒーリング魔法のおかげなんですよ」

ピピの目尻が吊《つ》り上がった。「あの役立たずが？」

ヒーリング魔法を使えるんだねえ。

「トリセツ、どこにいるの？」

「……僕のウチにいます」

本日の武勇伝をお土産《みやげ》に、ポーレ君の家にご厄介になるピノピであった。

第5章
謎の〈あんまん〉

「ピピさん、ホントに助かるわぁ」

白い衛生服姿のポーレ君のママが上機嫌で見回しているのは、彼女が経営する「株式会社トランクフードサービス」の工場のなか、冷凍食品製造ラインの一角にある、専用の研究室である。

トランクフードサービスは、ポーレママのパパが創業した会社で、現在はポーレママが社長、ポーレパパが常務取締役を務めている。創業時は、デン湖で採れる淡水魚を急速冷凍加工したものがメインの商品だったのだけれど、だんだんと事業を拡大し、ポーレママの代になって調理済冷凍食品も製造するようになった。

ここ数年、ポーレママが力を入れているのは生菓子である。アクアテクは世界的な観光都市なので、グルメの街でもあり、有名レストランもたくさんある。そうした名店でデザートに供される生菓子類、ケーキやクレープなどの日保《ひも》ちしないものを冷凍して、トランクフードサービスが国内に張り巡らせている販売網に乗せ、広く消費者にお届けしようというわけだ。このサービスのおかげで、たとえばフネ村の住民たちも、カタログを見て郵便で注文するだけで、アクアテクにある有名レストラン謹製のフルーツタルトを、自宅のテーブルで食べることができる。ちなみに自然解凍でオーケーです。

全体に生活水準が高い（王様はケチだけど）モルブディア王国では、この商売は大いにあたった。既に競合する会社もいくつか現れているし、トランクフードサービスでも、お菓子専用の冷凍加工工場の新設を検討しているところである。

ポーレママは精力的なビジネスウーマンで、こよなくスイーツを愛するご婦人だ。だからこそこの発想もあったのだし、この先、トランクフードサービスで扱うお菓子の種類をどんどん増やしていきたいと思っている。

ところがひとつ難問があった。ミルフィーユ系の、パイ生地に生クリームやカスタードクリームをサンドし、そこにフルーツをあしらったタイプの生菓子は、冷凍して解凍すると、どうしても風味が落ちてしまうのだ。フルーツが水っぽくなったり、パイの舌触りが悪くなったりする。スポンジケーキやロールケーキのように上手《うま》くいかない。ポーレママとトランクフードサービスの研究員たちは試行錯誤を繰り返し、悩んでいた。で、その試行錯誤に、今はピピが参加して手伝っている。ポーレママの上機嫌な視線の先には、ママと同じく白い衛生服を着込み、フードをかぶりゴーグルを装着し、記録用のクリップボードと温度測定器を手にした研究員を二人従えて、苺《いちご》ミルフィーユやバナナチョコレートパイに向かって魔法の杖《つえ》をふるうピピの姿があるのだ。

〈氷の微笑〉を倒したことで、ピピはあいつの持っていた魔法をひとつ吸収することができた。そう、ペンダントが〈魔法の杖からお知らせがあるそうです〉と告げていましたね。あれです、あれ。

ピピがモンちゃん王様からもらった長靴の戦士専用の装備の杖には、空きスロットが二個あった。そのうちの一個に、〈冷凍光線発動魔法〉が入ったというわけなのである。

これが判明した際、ピピは大喜びして、自分が行使するこの魔法に、何かスペシャルな名前をつけようと思った。物知りなポーレ君がいるし、ポーレ君の家の本棚には、彼が集めた難しそうな本も山ほどあったので、片っ端から調べていろいろ考えたのだけれど、凝りすぎて本人が覚えられなかったり、覚えても滑舌が悪くて発音できなかったり、ゴロが悪くて言いにくかったりと、種々の困難が発生。そのうえ、

「あのさあ、ピピ姉《ねえ》。そんな大げさな名称をいちいち叫ぶほど、その魔法、強くないんじゃねえ？」

という、ピノの極めて現実的な指摘を受けてしまった。

この冷凍光線発動魔法、ペンダントのお告げによると、まだ〈レベル1〉に過ぎない。ピピがもっと成長して魔力がアップしないと、モンスター〈氷の微笑〉がやっていたみたいな氷の刃《やいば》の雨を降らすことはできない。一度の行使では二、三本の氷の刃が飛び出

すくらいで、失敗すると、

「隙間風《すきまかぜ》かな？　ちょっとヒヤッとしたね」

というくらいで終わってしまう。

「僕からも提案があるんですが、ピピさん」

いつも頼りになるポーレ君が言った。

「最初の本格的バトルの勝利を記念する意味も込めて、この魔法はやっぱり〈氷の微笑〉と名付けるのがいいんじゃないでしょうか」

「そうだよなあ。ホント、微笑ぐらいの威力しかない——」

尻馬に乗って発言したピノは、姉さんに睨《にら》まれて口をつぐんだ。

「たった一本の氷の刃でも、あんたのおしゃべりな口を切り裂くぐらいのことはできると思うんだけど」

攻撃魔法を覚えると、気質にも攻撃的な傾向が加わるのでしょうか。

「そうです、そうです。バトルで充分に使える魔法です」と、またぞろポーレ君が調停役になる。

「そうね」ピピも渋々納得した。「修行して威力が増したら、〈氷の爆笑〉に変えればいいんだもんね」

「いえ、その場合は〈氷の哄笑《こうしょう》〉をお勧めします」

　という次第で、とりあえず滞在させてもらうことになったポーレ君家《ち》の広い庭で、ピピはせっせと新魔法を使いこなす練習に励んでいたのだが、これに目をつけたのがポーレママだ。

「あら、あなた。その杖を使って何でも凍らせることができるのかしら？」

「ちっちゃいものしか無理ですけど」

「その方がいいの。うってつけなの。だって相手はミルフィーユなんですもの。わたくしの実験に協力してくれないかしら」

　一宿一飯（どころではない）の恩義もあることだし、喜んでお手伝いすることになったピピなのだ。あるかなきかの薄笑いから大きめの微笑《ほほえ》みまで、ピピがコントロールできる範囲内の冷気で次々とミルフィーユたちを凍らせ、ついでにそれを解凍したときの食感や味覚を確かめるモニターも務めるという仕事だから、言葉の真の意味でおいしい役回りでもある。

「社長、二時間前の十二回目の行使で凍らせた場合の解凍時の苺の食感が、もっとも生食に近いようです」

「あらそう。ピピさん、もう一度、十二回目の行使の感じでお願いできる？」

「はい。え～と、どんな感じだったかなあ」

　なぁんて、長閑《のどか》な実験であります。

一方、ピノは何をしているかというと、ポーレ家を満喫していた。リッチなこの家には露天風呂がありサウナがあり、ずらりとトレーニングマシーンが揃《そろ》ったジムまである。ジョギングしようと思ったら、デン湖を巡るコースへ出かければいい。ついでに、華やかなジョギングウエア姿のおねえさんたちに遭遇することもできちゃったりする。

「いい機会だから、僕も少しトレーニングしようかなあ」

というポーレ君と一緒に、すぐへバッてしまう彼を励ましたり、たまには体育会系先輩的にオドしつけたりしつつ、身体《からだ》を鍛えるピノだった。

「いいなあ、この家、最高！」

「ありがとうございます」

ポーレ家には専属の料理人もいて、毎日三食、違うメニューの食事が出てくる。だから一宿一飯どころの恩義ではないわけです。

「ところでさぁ、ポーレは学校へ行かなくていいのか？」

「今、夏休み中ですから」

こんな会話をしたのが滞在三日目なんだから、ピノの寛《くつろ》ぎまくり度合いがわかろうというものだ。

ポーレパパママは、ポーレ君からピノピとの冒険バトルの経緯を聞き、すっかり感服している。

「君たちが頑張ってくれなかったら、アクアテクは遠からず氷漬けの街になってしまうところだったんだね」

「大変な危機を、あなたたちが救ってくれたんですわ！」

「おまけに、君たちのおかげでポーレがちょっとしっかりしてきたみたいだし」

ピノピが好きなだけ滞在していいと言う。それどころか、

「いっそこのまま、うちに住まない？」

「え？　でもオレたち長靴の戦士だから、使命ってものがあって……」

回廊図書館の鍵《かぎ》をあと六つ、探し出さねばならない。その鍵で錠を開けて、書架に保管されている『伝道の書』を六冊手にしなくては、魔王の居城にたどり着くことはできないのだ。

「あらそう。でも、その使命とやらを果たすために、次はどこへ行けばいいかわかっているのかしら？」

「オレとピピ姉にはわからないんですけど、わかってるヤツが近場にいて」

トリセツである。確かに近場にはいる。トリセツもポーレ家の露天風呂愛用者だ。

「その方は何ておっしゃってるの？」

「――今、探索中だそうです」

「あらまあ。だったら、探索のあいだはうちにおいでなさい。遠慮は要《い》りませんから

ね」

たいへん有り難い申し出だ。なにせ文無し、宿無しのピノピなのだから。

そうなのである。〈氷の微笑〉というエリアボスでさえ、お金も経験値も持っていなかった。どうやら、ボッコニアンはそういうシステムになっているらしいのだ。

プレイヤーがＰ　Ｃ《プレイヤー・キャラクター》の成長を感じることができないシステム。そりゃボツでしょう。

「でも、ピピさんが新しい魔法を覚えたじゃありませんか」

「オレは？　成長してねえよ」

「わかりませんよ。自分で気づいてないだけで、何かのパラメーターがアップしているのかもしれません」

言われてみれば、体力がちょっと上がったかな？　とは思う。でもこれはポーレ家のジムのおかげかもしれない。

「それに、一文無しのまんまってのは、やっぱキツいや」

モンスターを倒すとお金になる。その不動のお約束に背いてるところもボッコニアン。

昔、このお約束に一石を投じるべく、〈主人公が傭兵契約をしているので、バトルしなくても自動的に一定の収入が振り込まれる〉というシステムを採用した有名なＲＰＧがありましたけど、あれはあれで何か不自然なものでした。行き詰まっちゃってフィールドをうろうろしてたり、敵の手に落ちて監禁されてる状態でもお金が入るんだもの。だからって、〈常に文無し〉というのも確かに乱暴だ。だからボツなんですね。新しいものを創《つく》り出すのは難しい。

ポーレ君は笑顔でピノを慰めた。「お金は、トラブルシューターで稼ぐことに決めたじゃないですか。そっちのノウハウも、ウチにいるあいだに少しずつ覚えたらいいですよ」

ポーレ家の人びとの、なんて温かい心！

それにつけても腹が立つのはトリセツだ。

「オレたち、次はどこへ行けばいいのかな」

ピノの問いかけに、こう答えたのだから。

「さあ、そのうちわかるでしょう」

「トリセツは知らねえのかよ」

「存じません」

しかもこの質疑応答のとき、トリセツは露天風呂で半身浴をしていたのである。

「ところでピノさん」と、汗を拭《ぬぐ》いミネラルウォーターを飲みながら呑気《のんき》に言った。

「何だよ、役立たず」

「ポーレママの試作品のメニューに、ケンドン堂の黒糖ドーナツを加えてはいかがでしょう。あれは爆発的に売れると思いますが」

ピノは露天風呂のお湯を全部抜いてやろうとして、ポーレ君にとめられた。

「トリセツさんもわかってないな。ケンドン堂の黒糖ドーナツは、もう通信販売で全国展開してるんですよ。揚げ菓子だから冷凍の必要はないし」

そんな解説をしてくれるポーレ君も、ちょっとズレてる感じ。

でも鋭いところもある。今日も今日とてトレーニングに汗を流し、さらにサウナで汗をかいているとき、ポーレ君は何気にピノにこんなことを訊《き》いたのだ。

「――会ってみてはどうでしょうか」

「誰に？」

「ブント教授がおっしゃっていた、パレさんの同級生の女の子です」

ピノは頭のてっぺんに載せていたタオルを、両目の上に動かした。

「何で？」

「会って、直《じか》に話を聞いてみたらいいと思うんです。もう少し詳しいことがわかるかもしれません」

ピノは黙って汗をかいていた。

「けっこう、気になってるんでしょ？」

ポーレ君はさらに訊いた。

「僕が伺った限りでも、パレさんの身の上は不幸な感じがします。幼なじみのピノさんが心配するのは当然です。照れることなんかありません」

　ピノは目の上のタオルをとると、顔をこすった。

「別に、もういいよ」

「その顔は、ちっとも〈もういい〉とは思ってないように見えます」

　サウナはかんかんに熱い。顎《あご》の先から汗を滴《したた》らせながら、ポーレ君は続けた。「〈パレ〉という名前は、モルブディア王国の古語で、〈神の子〉という意味なんです」

「へえ〜。ポーレは神代《じんだい》文字《もじ》だけじゃなく、古語にも詳しいのか」

「古史学を学ぶなら、必《ひっ》須《す》ですからね。ついでに言うと、僕の〈ポーレ〉は、〈パレ〉から派生した言葉なんです。こちらは〈神の恩寵《おんちょう》〉という意味になるんですが」

　古語にすると綴《つづ》りも似ているのだと、ポーレ君は指でそらに書いて教えてくれた。

「パレさんのご両親が別れてしまったのは残念なことですが、だからってパレさんのことがどうでもよかったわけではないでしょう。〈神の子〉という名前をつけたくらいですから、お二人とも、きっとパレさんを大切に思っていたはずです」

　ピノはため息をついて身体を起こした。そういえば、パレの両親の離婚のフクザツな経緯を、ポーレ君には話していなかった。

「それがそうでもないんだよ。パレは、はっきり言って両親に捨てられたんだ」

ピノはパレの両親のゴタゴタについて説明した。その結果、独りぼっちになって養女に出されることになったパレが、

――人間なんて信じられない。誰も、誰一人、この世にあたしの味方はいない。あたしはこれから、誰にも心を許さない。

そう言っていたことを。

「可哀相《かわいそう》に」

ポーレ君の声音《こわね》は優しかった。

「ポーレのパパとママは、本当にポーレが神様からの授かりものだと思って、その名前をつけたんだよ。だけど、パレの両親がどう思ってたのかは怪しい。古語の意味だって知ってたかどうか」

ポーレ君は少し考えた。

「残念ながら、ヒトは弱いものですからね。ゴタゴタしている最中は、ご両親のどちらも感情がこじれて、パレさんの気持ちを思いやる余裕を失っていたのでしょう。後で後悔したかもしれない」

「ちっとでも後悔したなら、パレを養父母のところに預けっぱなしにしないで、迎えに来たってよさそうなもんだ」

「来たのかもしれません。でも、心を閉ざしてしまったパレさんが拒否したということ

もあり得ます」

「可能性だけなら、どんなことだって考えられるだろうさ。ポーレは頭がいいし」

なげやりなピノに、ポーレ君は笑いかけた。「パレさんは、七歳にしては語彙《ごい》が豊かだし、聡明な女の子だったんですね。でも、やっぱり七歳だ。彼女の身の上を案じて、うちに来て一緒に暮らせばいいと言ってくれているピノさんにまで意地になって、そんなことを言い放つなんて。ピノさんは、立派に彼女の味方だったのに」

ピノは思い出す。確かにあのときのパレは頑《かたく》なだった。ピノが何を言ってどう宥《なだ》めようと、聞く耳を持たない感じだった。

「パレはそう思わなかったんだろ。もういいよ。今さらぐたぐた言ったってしょうがねえんだから」

ピノは腰をあげてサウナから出ようとした。ポーレ君は動かずに、また考え込んでいる。顔は真っ赤で、汗だらだらだ。

「いくらアクアテクが広い街だからって、十歳やそこらの女の子が一人で街を出ていくのを、誰も見咎《みとが》めなかったのかな」

「観光客の子供だと思われたんだろ」

「書き置きがあっても、パレさんの養父母だって探したはずでしょう。なのに見つからなかったなんて、おかしいなあ」

パレさん、本当に街を出たのかなあ――なんて呟《つぶや》いた。

ピノもちょっとドキリとした。

「じゃ、隠れてるとでも言うのかよ。どこに？　どうやって？　一人で暮らしてる？　パレはオレたちと同い歳《どし》なんだ。長靴の戦士でもないんだし、トラブルシューターをして稼ぐわけにもいかねえだろ」

そういう自分だってまだ稼いではおらず、ポーレ家の居候であることを忘れているピノの発言だが、ここは見逃してあげましょう。

そうですよねえと、ポーレ君はさらに汗だらだら。

「パレさんが養父母のもとから家出したのは、一昨年《おととし》の魔王記念日でしたよね」

ブント教授はそう言っていた。

「確かにあの年の魔王記念日にはちょっとした騒動があって、街が混乱してたんです。だから、パレさんの家出もそれにまぎれちゃったのかなあ」

「騒動って、どんな？」

「毎年の魔王記念日には、ステファノ教を学んだ歴史学者たちによって、この街にひとつだけ残存しているステファノ教の神殿で儀式が行われるんです。その神殿は、スタテント島の魔王の居城跡のなかにあるんですよ。小さいけれど貴重な史跡ですし、老朽化が進んでいて危険なので、普段は立入禁止にされているのですが」

魔王記念日には、歴史家たちがそこに集まる。

「もちろん、ブント教授も毎年参加されます。でね、一昨年の儀式のとき」

異変が起こったのだという。

「儀式の最後に、集まった人たちが魔王に捧《ささ》げる祈りの言葉を唱えるんですが、その詠唱が終わった瞬間に」

真っ青に晴れ渡った空に、雲のひとつもないというのに、突然巨大な雷鳴が轟《とどろ》いた。ひと筋の稲妻が走り、神殿とスタテント島ばかりかアクアテクの街全体が鳴動したのだという。

「異変はすぐにおさまり、被害もありませんでしたが、なにしろ観光地のことですしね。いっときは大騒ぎになったんです」

なるほど。その混乱にまぎれて、パレがこっそり家を、さらに街を出て行ったというのは、大いにあり得る説だ。ピノの記憶にある限りでも、パレは（ポーレ君のような物知りではなかったけれど）頭の回転が速くて機敏だった。

「あのときは、ブント教授も興奮して大変でした」

古文書によると、ステファノ教信者の詠唱に応《こた》えて天地に変事が起こるのは、魔王に祈りが届いたしるしだというのだ。

「魔王、空にしろしめす」

ポーレ君は右手の人差し指をあげて、サウナ室の天井をさした。

「汝《なんじ》らの祈りを聞き届けた、と」

そういえば、同じ一昨年の春先には、スタテント島に魔王再臨の形跡があったとか、そんなことも言ってなかったか。このアクアテクは、ホントに魔王との距離が近いんだ。

ピノはちょっと引いた。「教授たち、何て祈ったんだろ」

「ああ、それは毎年同じです。この世界に平安あれ、より良き世界への変革あれ。ステファノ教は素朴な原始宗教ですからね」

ボッコニアンが、もうちょっとまともな世界になりますように。たとえばモンスターを倒したらお金になりますように。

経験値ももらえますように。それなら、ピノも一緒に祈りたかった。

「ま、いいや。パレはすばしっこいヤツだったし、ちゃんと物事を計画できるアタマも持ってたから、今どこにいるにしても、きっと元気だと思う。そのうち会えるかもしれないって、ポーレも言ってたじゃんか」

でも、気にしてくれてありがとう——と、ピノが柄にもなく真面目《まじめ》にお礼を言おうと振り返ったら、ポーレ君は右手の人差し指を立てた格好のまま、のぼせてひっくり返っていた。


それから数日後のことである。

トランクフードサービスで、総合営業戦略会議というものが行われた。半月に一度、国内各地に散っていたトランクフードサービスの営業マンたちが戻ってきて、本社会議室に集うのだ。

その会議が終わった後、衛生服に袖《そで》を突っ込みながら研究室にやってきたポーレママが、何だか難しい顔をしている。

ピピは魔法行使実験をひと休みして、助手の研究員たちとお茶しているところだった。お茶菓子は、本日の三回目の魔法行使で凍らせたシュークリーム。解凍せずに食してもおいしいということを確認している。

「どうかしたんですか?」

ピピはポーレママにお茶を淹《い》れてあげた。ママの眉間《みけん》の皺《しわ》が深い。

「前々からの懸案がひとつありますの」

おたくの製品を、ぜひトランクフードサービスで冷凍食品として扱わせてくださいという申し出を、頑強に拒否しているお菓子の製造販売元があるのだという。

「アクアテク郊外にある、コノノという小さな街のお店ですのよ。コノノはアクアテクのベッドタウンで、新興住宅地ですから、これという産業はございませんでね。ただ、そこそこ人口が増えたので、地元のレストランやお菓子屋さんもできて」

そこがまた、アクアテク通の観光客の皆さんに、〈団体客に荒らされていない隠れ名店〉としてウケたりしている。

「どんなお菓子のお店なんですか」

「コノノ饅頭《まんじゆう》というものよ。お店の名前も〈コノノ饅頭本舗〉」

小麦粉を練ってつくった白い皮のなかにクリームやあんこを入れ、蒸したお菓子だそうだ。ポーレママの大好物のひとつで、だから、生菓子の冷凍販売業が軌道に乗ると、真っ先に提携販売を申し出たのだが、

――うちの饅頭は、凍らせたり解凍したりして食うもんじゃない。

「社長が頑固でねえ。鼻もひっかけてくれないんですのよ」

社長はコノノ饅頭の考案者でもあり、コノノ饅頭本舗の創業者でもあり、店長も兼ねていて、その意思に逆らう者はいない。社長がダメと言ったらダメで、ポーレママはずっと片思いだった。

「何度交渉しても埒《らち》があかなくて、わたくしも諦《あきら》めかけていたのですけどね」

この数ヵ月のあいだに、気になる動きが出てきたのだという。

「コノノ饅頭本舗が、新製品を出したんですのよ」

これまでの饅頭よりふたまわり以上大きく、皮はいちだんと柔らかくふかふかで、

「うちの営業マンの話によると、真ん中に入っているあんこが何とも香ばしく、こってりした甘みがふかふかした皮とマッチして、それはそれは美味だそうなのよ」

食欲をそそられる話だ。

「ママさんは、現物を食べたことがないんですか」

ポーレママは、お茶をすすりながら悔しそうにうなずいた。

「わたくしや主人が行っても売ってくれないわ。顔を覚えられていますからね」

「営業マンさんに買ってきてもらったら？」

「売り出したときから、テイクアウトはできない決まりになっていたらしいの。一日に作れる数に限りがあるし、この新型饅頭は蒸したての熱々でないと味が落ちてしまうからって」

「じゃ、お客さんはみんな店頭で買って、その場で食べるだけなんですね」

「ええ。そのために、コノノ饅頭本舗は店舗を改築して喫茶室を造ったくらいよ。そこで新型饅頭とセットで出されるお茶もおいしいそうなの。風変わりないい香りがする上に、脂肪分を分解する成分が含まれているとかで、こってりあんこの新型饅頭にぴったりだとかいうんですのよ」

ますます興味を惹《ひ》かれる話である。

「今時の観光客は、こういう情報には敏感ですからね。口コミでたちまち大評判。連日、コノノ饅頭本舗の前には、開店の一時間以上も前から行列ができているのですって」

「じゃあママさんの営業マンさんも、辛抱強く並んで食べてきたんですね」

「そうなのですけどね」

ここで、ポーレママはがちゃんと音をたててお茶のカップを置いた。

「いまいましいわ、あのちょん髷《まげ》社長め」

コノノ饅頭本舗の社長はちょん髷アタマであるらしい。

「何度も通わせているうちに、社長め、うちの営業マンたちの顔を覚えてしまって、今じゃ見つけると片っ端から追い払うのよ。仕方がないからいっぺんポーレを行かせたら、何とまあポーレがうちの息子だってことまで知ってたの！」

テキもなかなかやるではないか。

「このごろでは情報の収集さえ難しくなってしまって――冷凍菓子なんていい加減なもんを売ってる会社の人間に用はねえってほざきやがってあのクソ社長！」

「まあまあ、落ち着いて」ピピはポーレママのカップに新しいお茶を注《つ》ぎ足した。

「ありがとう、ピピさん」

ポーレママはピピの手を取った。

「わたくしはね、本当に甘いものに目がないの。心の底からスイーツを愛しているのですよ」

「ええ、よくわかります」

「素晴らしいスイーツに出会うと、心も身体も喜びに震えますの。一人でも多くのお客様に、そのスイーツを味わうことによって生まれる幸せを分けて差し上げたいと思うのよ。それだけがわたくしの願いなの。ビジネスは二の次なんですのよ」

なのに、あのちょん髷社長ときたら、

「わたくしの気持ちを理解しようともせずに、やれ金儲《かねもう》け主義だの、守銭奴のデブばばあだのと言いくさりやがって！」

ご婦人に対して非礼きわまりない発言である。

「何とかして、新型饅頭のレシピを突き止めたいものだわ……」

「そしたら、トランクフードサービスでも同じものをつくることができますよね」

「あら、そんな卑怯《ひきょう》な真似《まね》はしませんよ。ただ、その秘密のレシピを楯《たて》にすれば、ちょん髷社長に当社との取引を迫ることができるでしょう？」

充分、卑怯だと思う。これが非情なビジネスの世界ってもんか。

ピピは少し考えた。ポーレママには一宿一飯（どころではない）の恩義がある。それに、コノノ饅頭本舗の新型饅頭をぜひ食べてみたい。ミルフィーユの冷凍実験は一段落したし、ピノピもそろそろアクアテクから動き出してもいい頃合いだ。

「あたし、ちょっと偵察に行ってみましょうか。あたしとピノなら、さすがにまだ先方にも面割れしてないでしょう」

ポーレママの丸顔というより大きな顔が、ぱっと明るくなった。「まあ！　そんなことをお願いしていいものかしら」

ピピはにっこりした。「たとえレシピは手に入らなくても、新型饅頭の現物を持ち帰ることができたらお役に立ちますよね？」

「もちろんよ」

ポーレママの目元ではなく、口元が潤んできた。涙ではなく涎《よだれ》である。

「ああ……あの新型饅頭を食べることができたら……どんなに幸せかしら」

ところで、さっきから二人して〈新型饅頭〉と連呼しているけれど、それだと食べ物じゃなくて、何かバクダンの一種みたいに聞こえる。コノノ饅頭本舗の商品じゃなく、ルイセンコ博士の発明品みたいだ。

「そのふかふかでこってり香ばしいあんこの大きなお饅頭には、名前はついてないんですか?」

名称はあるそうだ。

「〈あんまん〉よ」

シンプルで覚えやすい。

「それではピノピ、あんまん調査を開始いたします!」

第５章
謎の〈あんまん〉・２

アクアテクとコノノを繋《つな》ぐ道路はよく整備されており、街路樹がアロハな南洋植物で素敵なのだけれど、ピノピは可愛《かわい》い路面電車で行くことにした。一両編成のアコノ線。乗り込むとすぐに、早くもコノノ饅頭本舗《まんじゆうほんぽ》の広告を発見した二人である。

「でも、〈あんまん〉の広告じゃないね」

ポーレママをふたまわりばかり小さくした感じの、つるっとしたお顔の社長さんの写真がアップで使用されている。白い割烹着《かつぽうぎ》を着て、頭にちょこんと髷《まげ》を乗っけた社長さんは満面に笑み。キャッチコピーは、

〈饅頭が運ぶ幸せ　家庭の平和〉

歩いた方が速そうなスピードでころころと進むアコノ線は観光客で満員で、終点のコノノ南駅に着いたときには汗びっしょりになっていたピノピ。売店で飲み物を買おうとして、またぞろ社長さんの広告とご対面だ。今度のはバージョン違いで、引きでポーズを取る社長さんの笑顔が眩《まぶ》しい。キャッチコピーは、

〈饅頭の甘み　人生の喜び〉

　そこから目的地のコノノ饅頭本舗までは徒歩五分。うるさいくらいあちこちに社長さんの広告が貼ってあり、「コノノ饅頭本舗はこちら」という矢印も入っている。初めて訪れた観光客でも、まったく迷う余地はない。

　いや、たとえ広告が一枚もなくたって、やっぱり誰も迷いはしないだろう。だって、アコノ線の車両から降り立った乗客たちの半数は、みんな謎《なぞ》の〈あんまん〉を話題にしながら同じ方向へ行くんだもの。そのうえ、駅からちょっと離れただけで、

〈コノノ饅頭本舗　いらっしゃいませ　行列の最後尾はこちらです〉

という表示を掲げた店員に出くわして、迷いたくても迷えない。

「ゲ、もうこんなに並んでるのかよ」

　朝ご飯を食べてすぐ出発してきたのに。

「あたしたちも並ぼ！」

　さすがは国際的な観光地アクアテク郊外の街。コノノは小さいながらもお洒落《しゃれ》で裕福な住宅地だ。カラフルな積み木を並べたような造りの家々に、大きなサンルームがあったり、芝生の庭が広々としていたり、プールつきも珍しくない。景色がいいので、しばらくのあいだは周囲を眺めているだけで暇つぶしになったけれど、なにしろ進みの遅い行列で退屈だ。前後のお客さんたちにちょっと取材してみたが、あいにくそのヒトたち

も今日が件《くだん》の〈あんまん〉初体験だそうで、やたら盛り上がってワクワクしているけれど、情報量は少なかった。

「こんにちは！　コノノ饅頭本舗にようこそいらっしゃいませ」

待つこと三十分以上、やっとこさ、制服姿の女子店員が現れた。

「お客様は喫茶のご希望ですか、お持ち帰りですか？」

おっとビックリ、話が違うぞ。

「え？　テイクアウトはできないって聞いてきたんですけど」

すると女子店員はにっこり笑った。「はい、〈あんまん〉は一日に作れる数に限りがあるものですから、喫茶だけでお願いしていたんです。でも、お客様からのご要望がとても多いので、わたしどもも増産に励みまして、お一人様おひとつに限り、お持ち帰りいただけるようになりました」

何ともラッキーな展開です。

「冷めると味が落ちてしまいますので、どうぞ早くお召し上がりくださいね」

「了解。じゃ、テイクアウトでふたつね」

「毎度ありがとうございます。それでは一歩左に、そのまま前方の列の最後尾までお進みください。そこでご注文を承《うけたまわ》ります」

ここから二列に分かれるらしい。とっとと進もうとしたピノだが、ピピはなぜかしら店員さんにすり寄っていく。

「あの、スミマセン」

「はい？」

「その制服、可愛いですね」

ピピも女の子なのだ。ピノはちっとも気にしていなかったのだけれど、確かにコノノ饅頭本舗の女子店員さんは、風変わりな服装をしている。ピピはずっと興味津々で観察していたらしい。

「髪型も可愛いなあ。ただのツインテールじゃなくて、お団子にしてあるのね」

さらに、そのお団子を布でくるんである。ピノの目には、ドアノブカバーを頭にくっつけてるみたいに見えるのだが、女子の見解は異なるのだ。

店員さんは素直に喜んだ。「わあ、ありがとうございます。この制服は〈あんまん〉仕様なんですよ」

謎の〈あんまん〉を売り出したときから着用している特別な制服で、社長が直々《じきじき》にデザインしたのだそうだ。

「そういうの初めて見ました。名称とかあるんですか？」

「社長は〈チャイナドレス〉って呼んでいますけど」

手を抜いてるわけじゃありませんよ。いちいち描写してるとタカヤマ画伯が描きにくいから、あっさりネタを割るのです。ええ、チャイナドレスです。念のために申しますとミニスカートではなくパンツタイプで、店員さんはその上からエプロンをつけています。エプロンのポケットには注文票とか整理券の束とかエンピツとかがいっぱい。

「行くぞ、ピピ姉《ねえ》」

ピノに急《せ》かされて先へ進みながら、自分の髪もお団子にしてみようと試みるピピだった。

「やっぱり、何かかぶせるものがないとうまく丸まらないわ」

行列の前方に、白地に赤い文字で〈あんまん〉と染めたシンプルな幟《のぼり》が見えてきた。あれが立っているところがコノノ饅頭本舗の正面なのだろう。

「あ、いい匂《にお》い」

風に乗って、ほのかな暖気と湿気と共に、食欲をそそる匂いが漂ってきた。どう表現したらいいのだろう。ピノピには初めてだけれど、読者の皆さんはきっとご存じ。コンビニに行くとレジの脇《わき》にありますよね。

あの、〈あんまん〉の匂い。

「アツアツだぁ」

さらに並ぶこと三十分余り、ようやく手にした〈あんまん〉である。白くて薄っぺらい紙袋に、同じように白くて薄っぺらい紙に包まれた、ポーレママが言っていたとおりのまん丸くてふかふかで大きなお饅頭である。

コノノ饅頭本舗は大賑《おおにぎ》わい。ガラスのショーケースの前にはわんさの人だかりだ。女子店員はみんな色とりどりのチャイナドレス姿で、男子店員は白い割烹着姿で、お客さんたちを相手に大忙し。店の奥には大型の筒みたいな蒸し器がいくつも並んでいる。金属製ではなく、木製というか、木の皮を編み上げてこしらえたみたいな、変わった蒸し器だ。その脇であの社長さんが自ら〈あんまん〉を出し入れしていた。やっぱり白い割烹着姿で、頭には髷を乗っけている。

広告になくて現物にあるのは、肉声。いわゆる塩辛声というのでしょうか。これはかなりイメージが違った。社長さんの口上は、

「ばい、いだっしゃいばぜ、いだっしゃいばぜ、ごどめいぶず、あんばんでございまづ。ばいどあぢがどうございまづ」

というふうに聞こえます。

ピノピは「アチチ」と紙袋を抱え、早々に店先の混雑から離れた。

「早く持って帰らなきゃ」

「しっかし旨《うま》そうな匂いだな」

ピピ姉――と、ピノは姉さんの顔色を窺《うかが》う。「これさあ、熱いうちに食べないとホントの旨味はわからないんじゃねえか」

「何を言いたいの？」

「だからさ」

言いながら、既に涎《よだれ》が出そうなピノだ。

「ポーレママには一個持って帰ればいいんだから、試しにここで一個食べてみようよ。どんな味と食感なのか報告するのもミッションのうちだろ？」

いつもなら、ピノのこういう提案は即却下するピピなのだが、なにしろ〈あんまん〉はあまりにもいい匂い。食べ盛りの二人だから朝ご飯はとっくに消化済みだし、まわりをそぞろ歩く人たちが、嬉《うれ》しそうに〈あんまん〉をパクついているのも目の毒だ。

「おいし〜い」

「朝から並んだ甲斐《かい》があったね！」

二人を追い抜いていくカップルが、てんでに歓声をあげたタイミングも悪かった。

「んんん」

しょうがないわねえ——と言いつつ、ピピのお腹《なか》もうずうずしている。

「じゃ、半分ずつね」

道ばたで食するのも何だ、頃合いの場所はないかと見回せば、間近にきれいな公園がある。二人は〈あんまん〉を抱いてひと走り。みんな似たようなことを考えるもので、ベンチは〈あんまん〉を味わう人たちに占拠されている。仕方ないから木陰に寄って、

「こっち、持ってて。あたしが半分こにするから」

ピノに紙袋を預け、そろりそろりとひとつの〈あんまん〉の包みを開くピピの手は期待で震えている。

ほっこり、ふわん。

皮はクリーム色。よく見ればただまん丸なのではなく、上の部分が茶巾絞《ちゃきんしぼ》りみたいになっていて、そこだけうっすらとピンク色に着色されている。

アチチ、アチチとふたつに割ると、立ちのぼる香ばしいあんこの香り。

嗚呼《ああ》、あんまん！

「何これ、おいしい！」

「旨い！」

よろしかったら、読者の皆様もここで〈あんまん〉を召し上がれ。作者はヤマザキのが好きです。

「凶悪に旨いなぁ」

「でもこれ、冷凍には不向きな気がする」

「うん！　ポーレママには悪いけど、コノノ饅頭本舗の社長が販売提携を嫌がるのはわかるよな」

ふかふか、パクパク。

「蒸してふかふかにする前のものならどうかしら？　三個パックとか五個パックとかにして、おうちで蒸して食べましょうっていう売り方をするの」

「こんな感じに蒸すには、それなりに技が要《い》るんじゃねえの？」

「ちゃんと説明書を付ければいいのよ」

「でも道具も要るだろ。あの蒸し器、変わった材質だったぞ」

　ふかふか、パクパク。

「このあんこの香り、珍しい」

「ゴマ？」

「小さいつぶつぶが入ってるけど、何だろ。クルミ？」

「あ、そんな感じ」

　ふかふか、パクパク。

「お茶が欲しくなるねえ」

「店で食うとき一緒に出てくるお茶にも、ポーレママは興味があるんだろ？」

「そっちはテイクアウトできないのかな。もっとよくメニューを見ればよかった」

　ふかふか、パク。

　くしゃくしゃ——と、紙を丸める音。

「え？」

ピピが我に返ったけれど、もう遅い。

「ピノ、どうして紙袋を丸めたの？　そっちにもう一個あるのに」

ピノはピピから目をそらし、丸めた紙袋を掌《てのひら》のなかに隠してしまった。

「だってさ、あんまり旨いから」

勢いに乗り、ピピが気づかないのをいいことに、パクパクふかふかともう一個の方も食べちゃったのだ。

「言っとくけど、オレ一人で食ったんじゃねえぞ。ピピ姉だって旨い旨いって」

「気づかなかったんだもん！」

〈あんまん〉の味、恐るべし。

「もういっぺん並ぼう！　早く！」

大急ぎで駆け戻るピノピだが、現実は非情であった。コノノ饅頭本舗の幟を背に、チャイナドレスの店員さんの明るい声が響き渡る。

「ありがとうございます、ありがとうございます、本日分の〈あんまん〉は完売いたしました」

このままスゴスゴ帰ったのでは、ただの大飯喰《ぐ》らいの居候になってしまう。

「いいえ、既にしてオレらはただの大飯喰らいの居候ですが」

「だから、恥の上塗りだって言ってンの！」

何とかしなくちゃと、ピピはツインテールを締め直す。

「やっぱり、コノノ饅頭本舗の厨房《ちゅうぼう》に忍び込んで、〈あんまん〉製造現場をスパイするのがいちばんんね」

〈あんまん〉が完売してしまっても、もともと人気のあるお店だから、まだ混んでいる。さっきは押し合いへし合いでそれどころじゃなかったが、こうしてゆっくり見ると、ショーケースに並んでいる色とりどりのコノノ饅頭もおいしそうだ。

今回のミッションのために、ポーレママはピノピに軍資金をくれた。電車賃と〈あんまん〉の代金にプラスして、若干のお小遣い。ミッションといっても子供のお使いだから、大金は持ち歩けない。このあたり、ポーレママは常識人なのだ。

「チョコレートカスタードと、ヨモギこしあんをひとつずつください」

「オレ、チョコバナナクリームと生クリームも食べたい」

店員さんとやりとりしながらショーケース越しに覗《のぞ》き込むと、ずらりと並んでいた〈あんまん〉用の蒸し器はすべて片付けられていて、社長さんの姿もない。

一方のコノノ饅頭用の蒸し器は、ピピのおばあちゃんが台所で使っていたのと同じような、お鍋《なべ》みたいな金属製で、これという特徴はなかった。今はこちらの方が花形として前面に出ている。

「ピノ、見た？　女子の店員さんたち、着替えてたね」

チャイナドレスから白い割烹着姿に変わり、頭には三角巾をかぶっている。

「あれはホントに〈あんまん〉用なのね」

コノノ饅頭の方は、「アチチ」というほどの温度ではない。胸に抱いているとほっこり温《ぬく》いというくらいだ。

ピノピはその温もりを手に、厨房があるとおぼしき建物の裏手に回った。喫茶室を増築した際に、全体もリフォームしたのだろう。三階建てのビルは真新しいクリーム色だ。

「〈あんまん〉の皮の色だね」

窓枠は淡いピンク色で、これも〈あんまん〉仕様だろう。なかなか可愛い。

しかし、この窓がみんな半端じゃなかった。

「すっごい厳重！」

ごつい格子がはまっている。換気扇もいち、にい、さん、よん、五ヵ所もあるのだが、がっちりカバーがついている。勢いよく吹き出してくる空気は湿気と熱気をはらみ、甘ったるい匂いが凝縮されている。換気扇の稼働音にまぎれて、ときどき室内から人の声が聞こえてくるけれど、何を言っているのかまでは聞き取れない。

従業員用の通用口は金属製の扉で、ぴかぴかに磨き込まれているが、いかにも重そうだ。大きな取っ手型のノブに触ってみると、案の定ビクともしない。隣接する小さな「コノノ饅頭本舗業務用駐車場」に面したところに搬入口のシャッターがあり、やっぱりがっちりと閉じている。

営業に出払っているのか、コノノ饅頭本舗の車はなし。まわりは普通の住宅ばかりだけれど、それだけに不審な行動をとると目立ってしまいそうで、ピノピはこそこそとその場を離れた。

「こうなると、わらわらの出番ね」

換気扇の隙間《すきま》から、わらわらを入れて探ろうというわけだ。道の反対側にある赤い屋根がお洒落な家の生け垣の前にしゃがみこみ、ピピは魔法の杖《つえ》を構えた。

ピノはコノノ饅頭を食べる。もちろん、カモフラージュのためです。

「わらわら、糸電話モード！」

尾行モードの進化形で、わらわらの糸を通して情報をやりとりできる。

「そんなの、いつ覚えたんだ？」

「わらわらとの親密度がアップしたら、自然にできるようになったの」

ピピは着実にレベルアップしているのだ。ピノは——お饅頭を食べるのは早い。

「いいわね、わらわら。換気扇に触って糸が切れないように、よく注意するのよ」

呼び出した一匹のわらわらに言い含めて、送り出す。あれほど嫌いだったわらわらと、ピピはすっかり馴染《なじ》んでしまいました。

わらわらはふわふわ宙を飛び、首尾良く換気扇の隙間からコノノ饅頭本舗の内部へと忍び込んだ。

「よしよし」

ピピは魔法の杖を傾け、糸のたるみ具合を微調整しながら、片手で胸のペンダントに触れて耳を澄ませる。

「どう？」

「しい、静かに」

ざわざわしてる――とピピは呟《つぶや》き、目を細める。

「オーケー、オーケー、わらわら、そのまま先に進んで」

と、そのとき。ぷつりと糸が切れて風にさらわれていく。

「換気扇に触っちゃったのかしら」

ではもう一匹。

「いいわね、くれぐれも換気扇に注意するのよ」

同じことの繰り返し。で、また同じくらいのタイミングで糸が切れてしまった。

「わらわら、しっかりしてよ」

三匹目、四匹目、五匹目まで同じパターンで、ピピもやっと気がついた。

「——しまった」

とっくにコノノ饅頭を平らげてしまったピノは、小さくげっぷをした。「どしたの？」

「わらわらって、湿っぽくてあったかいところが大好きじゃない？」

コノノ饅頭本舗の厨房は、彼らにとっては最高の環境なのだ。

「つまり、糸を切って逃げちゃってるってことかよ」

「嬉しくって我を忘れるのかも」

どうしよう、コノノ饅頭本舗の天井裏あたりで繁殖しちゃったら。

「親密度、あてにならねえな」

本能の方が勝ってます。

「しょうがねえな。わらわらも役立たずか」

ばっさり切り捨てられて、ピピは悔しい。

「だったら、ピノも何か考えてよ——って、あたしのチョコレートカスタード饅頭も食べちゃったのね！」

「姉弟喧嘩《きょうだいげんか》するよりも、現状を打開しなくてはいけません。

「正面突破ができないんだったら、外堀から攻めようぜ」

立ち上がりながらもう一度げっぷをして、ピノは言った。

「外堀？」

「コノノには、ほかにも観光客に人気の店があるんだろ？」

アクアテクのディープなファンたちが、団体客に荒らされていないと喜ぶ隠れ家的なお店がある、それがコノノ。

「でもさ、〈あんまん〉が大人気で、少なくともスイーツに関しては、今のところコノノ饅頭本舗の一人勝ちなわけだ」

「だろうけど、それが何？」

「負けて悔しいライバル店だって、黙って指をくわえてるわけじゃなかろうってこと。何か情報を持ってるかもしれないじゃんか」

いざ、聞き込み。

コノノの名店はもっぱら口コミに頼っているから、アクアテクみたいに駅や公共施設にガイドブックがあるわけじゃない。こちらも足で稼ぐしかない。ピノピは背中のリュックを背負いなおし、スイーツや甘味のお店を探し歩くことにした。途中で行き合う観光客たちにも、

「このへんに甘い物のおいしいお店はありませんか？」

なんて訊《き》いてみたりする。するといろいろ教えてもらえた。そうでなかったら気づかないような小さなお店もあったし、外から見ただけではそれとわからないようなお店もあった。このへんが隠れ家的で、なおさら興味を惹《ひ》くんですね。

さて、ピノの考えはいいところを突いていた。〈あんまん〉大ブレイクでコノノ饅頭本舗においしいところを持っていかれてしまい、歯がみしているスイーツのお店や喫茶店が、コノノの街には少なからず存在していたのだ。

「あんなの一時のブームだよ、ブーム」

吐き捨てるように言うケーキ屋さん。

「うちでも真似《まね》して作れないかと工夫してみたんだけど、あのあんこが独特でねえ」

ため息をつくお饅頭屋さん。

「あそこの社長さんはうちの旦那《だんな》と同級生なの。十二歳のころからあういう声だったのよ」

スイーツとは関係ないけど、社長さんの豆知識。

「あの〈あんまん〉、従業員たちもレシピを知らないらしいよ。社長の命令どおりに作ってるだけで」

貴重な情報をくれたのは、なぜかカレー屋のご主人だ。

「コノノ饅頭はもともと人気のスイーツだったけど、〈あんまん〉が出てからはもう、向かうところ敵なしだよね」

「そうそう。おかげで、うちのあんパンも売れ行きが下がっちゃったのよ」

とおっしゃるのはパン屋さんのご夫婦だ。

「それっていつ頃からですか」

〈あんまん〉が売り出された正確な時期については、ポーレママもあやふやだった。こちらも最初は口コミだったから、

——わたくしの耳に入ったころには、もう観光客のあいだではかなり話題になっていたようですのよ。

「そうだなあ、半年ぐらい前かなあ」

「そんなに昔じゃありませんよ。この二、三ヵ月じゃないかしら」

「いやいや、半年は経《た》ってるよ」

ご夫婦の話をすり合わせていくと、五ヵ月ぐらい前という半端なところに落ち着いた。

「ふうん……」

次の店を探しながら、ピピはちょっと思案顔だ。

「何だよ」

「うん、大したことじゃないんだけど」

偶然だと思うけどと、ピピは言う。

「五ヵ月前っていうと、ちょうどあたしたちが出会って、役立たずのトリセツが登場して、空に〈封印は解かれた〉って神代文字《じんだいもじ》が現れたころだなあって思って」

作者は月日の経過をほとんど勘定していないのでわかりませんが、登場人物が言うのなら確かです。そういうことにしておいてください。

「封印が解かれて、門番のルイセンコ博士が現れて、ついでに〈あんまん〉も出てきたって?」

「〈あんまん〉も博士の発明だったりして」

まさかねえ、と笑いながら、次に立ち寄った小さなレストランでは、ちょっと不気味な話を耳にした。

「あの〈あんまん〉の皮ね、あれだけでも旨いだろ」

白いエプロンをかけた店主さんが、カウンターに肘《ひじ》をついて身を乗り出した。

「うちはデザートにはフルーツしか出さないから、スイーツには興味ないんだけどさ。あの皮があんまり旨いから、中身に違うものを入れたらどうかなって思って」

「たとえばどんなものを?」

「うちの名物の肉団子」

肉汁たっぷりでおいしいよと、店主さんは胸を張る。

「ふかふかの皮に味が染みてイケるだろうと思って、作ってみたんだけど」

正確には「作ろうとしてみた」のだそうだ。

「うまくいかなかったんですか？」

店主さんは声をひそめた。「できないんだよ」

「で、できない？」

「どうしてだかわからないんだが、〈あんまん〉の皮に似せた皮をこねて、肉団子を詰めようとすると、身体《からだ》が固まっちゃうんだよ。何度やっても同じなんだ」

どうしてもできない。まるで呪《のろ》われたかのように、身体が動かなくなってしまうのだという。

「薄気味悪くなって、諦《あきら》めたんだ」

店主さんにお礼を言い、ピノピは首をひねりながら外に出た。

「ヘンな話だね……」

ほかでも同じことが起こっていないかと聞き込みをしてみると、あった。一軒はパスタのお店で、もう一軒は自家製パンが売り物の喫茶店だった。どちらでも、〈あんまん〉仕様の皮のなかに別のもの——お肉とか野菜を調理したものを入れようとすると、調理場の人の身体が凍りついたようになり、しばらくのあいだまったく動けなくなって、そうこうするうちに〈あんまん〉に似せて作った皮が乾いてしまい、ご破算になるのだという。

「おかしな話だろ。でも君たち、学級新聞にこんなネタを載せたら、先生に叱《しか》られないかい？」

話が前後しましたが、ピノピはこの聞き込みの際、「ボクたちはアクアテク第一小学校の六年生で、学級新聞のために取材しているんです」と述べていたのです。だからみんな親切で、よくしゃべってくれるわけ。こういうとき、主人公が子供だと便利です。

ヘンな話の収穫はあったが、だからどうということはなく、足は疲れたしお腹も減った。

「とりあえず、今日は帰るしかねえだろ」

「そうだね」

しょぼんとして駅へと戻る道々、ピピがもじもじし始めた。

「ピノ、あたしおトイレに行きたくなってきちゃった」

「駅まで我慢できねえ？」

「う～ん」

ピピはかなり切羽詰まっております。

「そういえば、もうちょっと行くとコノノ饅頭本舗だよ。トイレ貸してください！　って口実になるぜ」

「しょうがねえな、どっかそのへんの家で借りようか」

「……無理みたい」

皆さん、普通は子供には親切なものだ。

だがしかし、間に合わせに駆け込んでドアをノックしたその家は、違った。ナイトキャップをかぶり、パジャマの上にガウンを羽織ったおばさんが出てきて、

「あの、本当にすみませんがおトイレを」

とピピが言うなり、目を吊《つ》り上げて怒り出したのだ。

「うちはトイレ屋じゃありません！　いい加減にしてほしいわよ！」

ああ、同じような自然の欲求に急かされてドアを叩《たた》く観光客が多いんだなあ。

「ご、ごめんなさい」

おばさんの怒りはおさまらない。

「あんたたちも、あの〈あんまん〉とやらが目当てでコノノに来たんでしょう。まったくもう、あのおかしな饅頭のブームのせいで、住民がどれだけ迷惑してるか考えてほしいもんだわ」

だいたいコノノは住宅地だっていうのに、観光客目当ての店が多すぎる！　ここは商

業地区じゃないんだからね！

「はあ、すみません」

ピノピが謝る筋合いではないのだが。

「常識を弁《わきま》えない観光客のせいで、あたしは不眠症になっちゃったのよ！　夜遅くまでこのあたりの道をぞろぞろ歩いて騒ぐし、酔っ払って歌うし、子供は泣くし、夫婦喧嘩するし、勝手に他人の家の敷地に入り込むし」

おばさん、だからこんな時間にパジャマ姿でいるわけなんですね。

「〈あんまん〉なんて、どこがいいんだろう。気が知れないわよ。アクアテクの食品管理局は何してるのかしら。あんな外来品をノーチェックで売ってるのに、規制もしないで」

ピノの耳がぴんと立った。自然の欲求にせっつかれていたピピさえも、一瞬、その急場を忘れた。

「外来品？」

口を揃《そろ》えて問い返した二人に、不眠症のおばさんは唾《つば》を飛ばして言った。

「そうよ！　あの〈あんまん〉はね、コノノ饅頭本舗で作ってなんかいないのよ。毎日夜明け前に、どっかから運ばれてくるの。だから数に限りがあるの」

「おばさん、どうして知ってるんですか」

「あたしが不眠症だからよ！」

眠れないから窓から外を眺めていて、その現場を目撃したのだという。

「コノノの町はね、毎日のように朝霧が立つの。ミルクみたいに濃い朝霧で、それもこの町の名物だって、わざわざ見に来る迷惑な観光客がいるから、朝から騒々しくてたまんないのよ！」

〈あんまん〉も、その濃い朝霧にまぎれてコノノ饅頭本舗に運びこまれるのだという。

「どんな乗り物で来るんですか。蓄電自動車でしょうか」

「そんなのわかんないわよ。霧で見えないもの」

ただ、匂いは間違えようがない。〈あんまん〉を運んでくる誰かと話している、社長さんのあの塩辛声も。

ピノピは顔を見合わせた。

「おばさん、いえ奥様、わたしたちお宅のトイレ掃除をします。ですからホントに申し訳ないんですけど、貸していただけません？」

返事を待たずにピピは突進し、トイレを借りると約束どおりにぴっかぴかに掃除して、人心地がついて外に出た。

「ピノ、張り込むよ」

「へ？」

「明日の朝、〈あんまん〉が運ばれてくる現場を押さえるのよ。ちょうどいいわ、あの公園に行きましょう」

ピピに引っ張られて歩き出すと、

「ちょっとちょっと、あんたたち」

不眠症のおばさんが二人を追いかけてきた。小さなバスケットを提げている。

「ちゃんと掃除してくれたから、これ、お駄賃にあげるわ」

ちょっぴり照れくさそうで、おばさんはピピにバスケットを渡すと、逃げるように家に戻っていってしまった。開けてみると、サンドイッチの詰め合わせが入っている。

「いい人だね」

おかげで、一食分を確保できた。

「でも、今夜は野宿か」

ピノのボヤきに、ピピはにんまり笑って、腰につけた魔法の杖を軽く叩いた。

「平気よ。わらわらに寝袋を作らせる」

「そんなに魔力を使えンのか？」

「逃亡しちゃったわらわらたちの分、無料《ただ》働きさせるのよ。ちゃんと埋め合わせしなかったら、あんたらもお仕置きだよって」

ピノには魔力はないけれど、胸のペンダントを通して、わらわらたちの怯《おび》える波動が伝わってきたような気がする。親密度アップって、怖いのね。
ということで、寝袋に入ってセーブ。

第5章
謎の〈あんまん〉・3

濃い朝霧の向こうから、何だか懐かしい響きのする物音が聞こえてくる。

わらわら寝袋のなかでぬくぬくしながら、ピピはおじいちゃんとおばあちゃんのフォード・ランチに戻っている夢を見ていた。おばあちゃんが山ほどパンケーキを焼いてくれて嬉《うれ》しい。さあ食べようと思ったら、窓の外で郵便屋さんの声がして、

「は〜い」

カリン母さんが玄関まで取りに行く。あれ？ フォード・ランチにお母さんがいるなんて。あ、違う。ここはお父さんとお母さんの家だ。あたし、さっきまでフォード・ランチにいたのに。パンケーキはどこ行った？

郵便屋のおじさんは帽子をとってカリン母さんに挨拶《あいさつ》し、郵便を手渡している。おじさんはクーパーの手綱《たづな》を取り、クーパーはおとなしくおじさんの用事が済むのを待っている。よかったぁ、クーパーは機嫌を直してくれたみたい。ピノの魔法の実験台にされて、鼻の頭や耳の先や尻尾《しっぽ》の端っこを焦がされちゃって怒ってたけど、もう大丈夫——

でもクーパー、どうしてそんなに足踏みをするの？　ぱか、ぱかって音がする。やっぱりまだ怒ってるの？　ぱか、ぱか、ぱか。

ぱかぱかぱかぱかぱかぱかぱかぱかぱか。

そこでピピは目が覚めた。はっと頭を起こす。確かに聞こえる。ぱかぱかぱか。馬の蹄《ひづめ》の音だ。だからあんな夢を見たんだ。

トイレを貸してくれたおばさんが言っていたとおり、コノノの朝霧はとろりとしたミルクのように濃く、かすかにひんやりとして、ゆっくりと流れていた。霧はピノピが野宿している公園のなかにも立ちこめて、すぐそばにある植え込みや立木もうっすらとしか見て取ることができない。

その朝霧の向こうを、馬が並足《なみあし》で駆けてゆく。一頭ではない。少なくとも三頭か四頭はいるようだ。牧場育ちのピピの耳だから、聞き間違いはない。

それに加えて、荷車の走る音も聞こえる。コノノの街中の道はよく均《なら》されているし、相当に手入れのいい荷車であるらしく、ガタゴトという耳障りな音ではない。しゅんしゅんと車軸が回る音まで聞き取れる。

つまりは、馬が荷車を引いて公園の近くを走っているということだ。ピピは跳ね起き、ピノを揺さぶり起こした。

「起きて！　〈あんまん〉が来たみたい」

で目が覚めたらしい。

「あん？」

寝ぼけ眼《まなこ》のピノだったけれど、ピピが一瞬でわらわら寝袋を片付けてしまうと、寒さで目が覚めたらしい。

「どっち？」

「コノノ饅頭本舗《まんじゆうほんぽ》の方へ向かってる」

二人は朝霧のなかを泳ぐように進んだ。あんまり霧が濃いので、方向感覚が失《な》くなってしまう。荷車と馬の蹄の音が頼りだ。ピピは耳を澄ませてその音を追いかけた。

霧に潜《ひそ》み、小走りになりつつも頭を低く腰をかがめて、つまりかなり愉快な格好で進んでゆくピノピの前に、忽然《こつぜん》と荷車の後部が霧のなかから現れた。荷台の上には大きな幌《ほろ》がかかっている。

「ちょっと下がって」

ピピがピノのベストをつかんで引っ張ったそのとき、馬の歩みと荷車の進みが停《と》まり、あの特徴ある塩辛声が聞こえてきた。

「おばようございまづ」

コノノ饅頭本舗の社長さんだ。手探りで手近の壁を探り当て、ピノピはそこにぺったりとへばりついて聞き耳を立てる。

「今朝《けさ》もぎりがごいでづな。ごくどうだまでございまづ」

「おはようございます、アンポ殿」

荷馬車の御者台《ぎょしゃだい》から誰かが降り立ちながら、丁重に応じた。男の人の声だ。わりと若い感じがする。

「本日の餡饅頭《あんまんとう》三百個をお届けに参りました。新しい蒸籠《せいろう》も五つ揃《そろ》えてあります。従前のものよりひとまわり大きく、一度に二十個の饅頭を蒸すことができます」

「おお、それはがりばだい」

続いて、シャッターを上げる音がした。コノノ饅頭本舗の裏手の、あのシャッターだ。あそこから〈あんまん〉を厨房《ちゅうぼう》に運び込むのだろう。

ピノがピピを突っついた。「あれ、〈あんまん〉の話だよな？」

「ほかにないでしょ」

「でも、相手は〈あんまんとう〉って言ってたぞ」

「製造元では呼び方が違うみたいね。よっぽど遠くから運んで来てるのかな」

ひょっとしたら方言かもしれないと、ピピは言った。

「アンポ殿って誰？」

「ポスターをよく見なかったの？　コノノ饅頭本舗の社長さんの名前よ」

作者も前節まで書いていませんでしたので、ピノが知らなくても無理ありません。

荷馬車には、ほかにも人が数人乗っていたらしく、その人たちが手分けして〈あんまん〉を運び込み始めたようだ。物音しか聞こえないけれど、きわめて手際がいい感じがする。てきぱき、てきぱき。

「おがげだまで、〈あんまん〉はばいごうびょうでごだいまづ」

「売れ行きがよいのは、我らにとっても有り難いことです」

社長さんと、最初に挨拶を交わした男の人がやりとりをしている。声は低く穏やかで、まわりがこんなに静かでなかったら、そしてこれほど接近していなかったら、男の人の声は聞き取れないだろう。でも、社長さんの声はバレバレだ。インパクト強すぎの声である。

「そこでごどうだんなのだづが、もっど数をふやぢでいだざぐごどはできまでんがな。毎日、早々にうりぎででしまぶのでづ」

「やや、それは」

滑らかだった男の人の口調が、ちょっと詰まった。

「それは、私の一存では決められぬのです。カッカ様がどうおっしゃるか――」

「なぢどぞ、カッカ様によどじぐおどぢなぢぐだざいまで」

「あいわかりました。それでは、今朝はこれにて」

「ばい、おぎをづげでおもどぢぐだざい」

そのとき、手前の荷車を引いている馬が、ぶるんと鼻を鳴らした。その鼻息で霧がちょっと流れ、ちょうど御者台に戻ろうとしていた男の人のシルエットが浮きあがった。ちょん髷《まげ》だ。〈あんまん〉と蒸籠を運んで来て、コノノ饅頭本舗社長と取引しているこの人も、ちょん髷趣味があるらしい。アンポ社長と同じ、頭のてっぺんで髪をお団子みたいな髷にしている形。そこに、何か飾りみたいなものを付けている。

それだけではない。ファッションもちょっと変わっていた。ズボンの形はピノピと似ているけれど、履き物が違うし、それにあの襟《えり》がない上着は何だろう。お腹《なか》のところに締めているのは、ベルトならずいぶんとぶっといし、平たい。バックルがないし。

「ピピ姉《ねえ》、見た？」

ピノがまたピピを突っつくと、ピピは無言のまま弟の口を掌《てのひら》で押さえた。

馬がぱかぱかと向きを変え、荷馬車が動き出す。荷を降ろしたせいか、いっそう動きが軽やかで静かだ。するすると霧のなかを去っていく。

「追っかけよう」ピピは押し殺した声で言う。「でも気をつけて。近づき過ぎちゃ駄目よ。あれ見た？」

「だから変わったファッション――」

「違う違う、荷馬車の上よ。護衛のヒトがついてる。槍《やり》を持ってた」

ピノが目を剝《む》いて「やりぃ？」と問い返す前に、ピピはまた弟の口を押さえた。

「さ、早く」

「でも、社長をとっつかまえて現場を押さえないと」

「それより、〈あんまん〉の出所を突き止める方がいい。うまく交渉すれば、トランクフードサービスと直取引《じかとりひき》できるかもしれないでしょ？」

短いあいだにポーレママの薫陶《くんとう》を受けたピピは、すっかり商売人になってます。

ピピは魔法の杖《つえ》を小さく振り、わらわら尾行モードの糸を繰り出した。糸がすうっと流れて荷馬車の幌にくっつくとき、

——昨夜《ゆうべ》は徹夜だったのに、人使いが荒いです。

眠そうなわらわらのグチが聞こえた。ピピは黙殺。使役魔法の主人は厳しい。

来たときよりは速度を速めて、荷馬車は帰路を急いでいる。こうして近づくと、三台連なっていることがわかってきた。それぞれの荷車を二頭の馬が引き、ピピが言っていたとおり、先頭と三台目の荷車の御者台の脇《わき》に、槍を持った護衛が箱乗りしている。護衛もやっぱりちょん髷だ。

わらわらのおかげで、難しい追跡ではない。ピノピはまた、前かがみで小走りという愉快な姿勢だ。護衛の目にとまらないよう、身を潜めながら進んでゆく。

「あいつら、どこから来たのかな」

「それを確かめようとしてるのよ」

「このへんに、軍隊が駐屯《ちゆうとん》してる町とか村とかあったかなあ」

「軍隊？　なんで？」

「だってあいつら武装してたわけだし、さっきの話、聞いたろ？　あの御者台の男もアンポ社長も〈カッカ様〉って言ってた。〈閣下〉だろ？」

「軍人さんの呼び方——か」

必ずしもそうとは限りませんが、可能性は高いですね。

「閣下だけでも偉いのに、その上に様までつくなんて、どんだけ偉いのかな」

その偉いヒトが、どうやら〈あんまん〉取引を仕切っているらしい。

「軍隊が小遣い稼ぎに饅頭を作って売るって、どうよ」

「軍資金が足りないんじゃないの」

「オレらの王様の軍隊じゃないのかもな。ちょん髷だし、王都の騎士たちと、格好がまるで違うもん」

果たしてモルブディア王国に、王権の外にある軍隊——つまり武装組織なんかが存在しているものか？　ピノは想像を広げます。

「うちの作者、あてになんねえからさ。今まで書き忘れてただけだったりして」

そんなこんなで追跡しているうちに、ピノピは汗をかいてきた。だんだんと霧が晴れてきて、朝日がさしてきたせいだ。どれぐらい走っているのかわからないけど、ちょっぴり息も切れてきた。

「何か、遠くまで来ちゃったみたいね」

足元の地面の様子が変わってきたのだ。コノノの街中の、よく均されたきれいな道じゃない。道は道でも石ころだらけでデコボコしているし、アップダウンもある。フネ村郊外の丘を越える道が、ちょうどこんな感じだ。

「うん、街から出ちゃったのは間違いなさそうだな」

霧が晴れてゆくに従って視界も開けてきた。わらわらの糸は繋《つな》がっているけれど、肝心の荷馬車は今、ピノピが走って登っている坂道を登りきった向こうへ消えてしまい、姿が見えない。そのかわり、周囲の様子は見渡せるようになってきた。下草が生えているだけの赤土の地面に、ごつごつした岩がところどころ顔を出している。アクアテクの郊外に、こんな場所があったのかいな？

「コノノはどっちだ」

少し不安になって、ピノは立ち止まり振り返った。背後の霧は消えている。そしてそこにも、ごつごつした赤土の丘と、そこを踏みしめて造られたような道が一本延びているだけだ。

「ここ、どこだよ？」

「ぐずぐずしないで！　荷馬車が行っちゃう」

駆け出すピピを追いかけて、ピノも走った。二人で走って坂道を登り切ると、それはこの丘のてっぺんで、視界がいきなり三六〇度開けた。

ピノピは息を呑《の》んで立ち尽くす。

「何だ、これ」

唖然《あぜん》とするピノに、ピピも答えられない。三台の荷馬車はからからと軽やかに遠ざかっていってしまい、ピピの集中力が切れたせいか（それをいいことにわらわらが手を抜いたのか）、糸が切れてふわりと空を泳ぎながら魔法の杖のところまで戻ってきた。

——ああ、しんど。

ピピはわらわらを叱《しか》らなかった。黙ったまま魔法の杖を腰のベルトに差して、ピノと一緒にただただ口をぽかんと開き、目を瞠《みは》って眼前の光景を見おろすばかりだ。

「もういっぺん訊《き》くけど、ここ、どこだ？」

眼下に広がる雄大な景色。広々とした大地。大きな岩山があちこちに盛り上がり、あるところでは岩肌が剝き出しに、あるところは緑に覆われている。でも、それよりもさらに目を惹《ひ》くのは、大地の先に横たわる大きな河だ。朝日を照り返し、水面《みなも》が眩《まぶ》しく輝いている。

その河の手前に、ひとかたまりの建物があった。街ではない。小さな建物がいっぱい集まっているのではなく、様々な施設を持つひとつの建物だ。こんな場所を見るのはピノピも初めてだけれど、直感的にそう思った。

「あれって、陣屋じゃない？　それとも砦《とりで》って言えばいいのかな」

軍人がどうの軍隊がどうのと話し合っていたところだから、その言葉も素直に出てきた。

「すっご〜い」

「でっか〜い」

コドモのことなので、表現が単純なのはお許しください。

「ほら、あの真ん中の建物がきっと本営でしょう。広場があって、物見台があって、テントがいっぱい張ってある。きっと兵隊さんたちのテントだよ」

人も大勢いて、行き来している。馬もたくさんいる。隊列をつくって走っている。訓練だろうか。ここからではかなり距離があるのに、舞い立つ土埃《つちぼこり》までよく見える。空気が澄み切っているのだ。

「あれ、みんな兵隊かな？」

「きっとそうよ。やっぱりここは陣屋なんだ。ここぜんぶ、ずうっと端から端まで」

手を伸ばし、この景色の上にぐるりと半円を描き、ピピはそこで手を止めた。

「河の上に、いっぱいあるのは何？　あそこを埋め立ててるのかしら」

ピノは目を凝らし、あっと叫んだ。

「違うよピピ姉、あれは船だ！」

あまりにも数多くの船が舫《もや》ってあるので、水面が見えないのだ。船が水面を覆い尽くしている。

「すげ～」

またぞろ素朴な感嘆です。

「河の向こう側にも何かあるみたい。建物と——あれも船じゃないかしら。やっぱりいっぱい浮かんでるよ」

対岸は遠く、ピノにはよく見えない。ピピ姉、遠視らしい。

「ここ、アクアテクが造ったテーマパークだったりして」

えへらえへらと笑いながら、ピノは言った。本当はいささかビビッているのだけれど、姉さんの手前、そんな顔はできない。

「新しい観光資源にしようっていうんでさ、ホラ、あの市長なら考えつきそうなことじゃねえの？」

「だったらポーレ君が知らないわけない」

「今までしゃべる機会がなかっただけかも」

ついでに作者も書く機会がなかっただけかもって、そんなことはありません。

「ピノ、ここどこだと思う？」

ピピは冷静に問いかけた。実はこの娘もぶるってるんだけど、弟の手前、弱気になるわけにはいかない。

「あたしたち、どこへ迷い込んじゃったんだと思う？」

霧が晴れたら、別世界。

そのとき、ピノピの背後から怒声のような大声が轟《とどろ》いた。

「そこの者、何をしている！」

振り向くと、二頭の馬にまたがった二人の男。やっぱりちょん髷で、あの変わったファッション。腰に剣を差し、一人は槍を構え、一人は弓をたずさえて背中に矢筒を負っている。こうなるともう、素直に〈兵士〉と書いていいでしょう。

「何をしているかと問うている。答えよ！」

二人の兵士は馬から飛び降りると、迷いのない素早さで抜刀した。目が怒っている。今にも斬《き》りかかってきそうだ。

ピノピは顔を見合わせた。さあ、どうする。

ピピは、ピノが予想だにしなかったことをやった。

「え〜ん！」

何と、座り込んで手で顔を押さえると、大声で泣き出したのだ。

「わたしたち迷子なんです。うちへ帰りたいよ〜」

女の子の涙は使いよう。今度は、二人の兵士たちが顔を見合わせてしまった。抜刀し

た手も下がり、怒り目から困惑の目に変わった。

　すかさず、ピノは言った。「あのぉ、オレら〈あんまん〉のファンで、〈あんまん〉をいっぱい積んだ荷馬車を追っかけてきたら、迷っちゃったみたいなんです」

「何だとぉ？」

　二人の兵士は声を揃えて驚くと、口々に問い返してきた。

「餡饅頭の荷馬車？」

「おまえたち、カッカ様の餡饅頭が好きなのか？」

　またカッカ様だ。〈あんまん〉仕掛け人。

　兵士たちは苦笑いしている。

「確かに餡饅頭は旨《うま》いが」

「あのような甘いものばかり食しておると」

「虫歯になるぞ」

「胃もたれするぞ」

この兵士たちも、〈あんまん〉を食べているらしい。

「まあ、よい。そういうことなら、おまえたちは彼《か》の地の者なのだな」

「カノチ？」

「コノノとかいう街だ」

「あ、はい、そうです！」

コノノのことも知ってるんだ。

「子らが二人で、よくここまで来られたものだなあ」

「我らとて、彼の地へ渡るには心身が万全でないと辛《つら》いというのに」

「へえ、そうなんですか。オレら、霧にまかれて何となく来ちゃったんだけど」

兵士たちの風向きが変わったとみるや、ピピはけろりと立ち直り、立ち上がった。

「話が早くて助かります。わたしたち、〈あんまん〉製造元と取引したくて探してるんです。お願いします、皆さんのおっしゃる閣下様のところへ連れていってもらえませんか」

やっぱり、見事な嘘泣《うそな》きでございました。

二人の兵士はピノピをそれぞれの馬に相乗りさせてくれて、さっきピピが〈本営〉と呼んだ、いちばん大きな建物へ連れていってくれた。近づいてみると、柱の太い立派な建物で、とにかく広い。

「子供とはいえ、彼の地からの客人ならば、粗相があってはならないからな」

「我らがカッカ様に叱られてしまう」

ピノピには目に入るもの全てが物珍しい。

「ここって何処《どこ》なんですか」

「おまえたち、本当に何も知らんで来てしまったのか？」

「はい。だから迷子なんです」

二人の兵士は愉快そうに笑った。

「ここは我らが丞相《じょうしょう》の本拠地よ」

「江東《こうとう》を平らげるために、我らもはるばる許昌《きょしょう》より出陣し、丞相に付き従って参ったのだ」

ちょっぴり誇らしげな口調である。ピノにはさらに何だかわからない。でも、ピピは何かしら察したみたいだ。さっきみたいにただ驚いて目を瞠っているのではなく、ある見当がついたのでそれに対して驚いているという顔つきである。

「ピピ姉、わかる？」

「わかってきた気がするけど——まさかって気もする」

馬から降りると、本拠地のなかへと進む。いわゆる通用口的なところから入ったらしく、広い土間に竈《かまど》を据えた台所のような設備があり、女の人たちが立ち働いていた。

「俺はカッカ様にお知らせしてくる。この子らを頼む」

「おう」

兵士たちはすいすいやりとりをして、ついでに近くにいた女の人に声をかけた。

「彼の地からの迷子だ。腹を減らしているようだから、何か食い物と水をやってくれ」

「はい、かしこまりました」

女の人は珍しそうにピノピを眺め回し、ちょっと微笑《ほほえ》みかけてきた。長い黒髪を垂らして、襟のないガウンみたいなものを重ね着している。

履き物を脱いで、広い板敷きの室内にあがる。なにしろ広いし、床はぴかぴかに磨いてある。本拠地という以上、やっぱりピピが言ってたようにここは陣屋で、つまり戦争するために設けられた施設なのだろうけれど、掃除が行き届いているし、室内は飾りのついたきれいな布で仕切られており、あちこちに飾り物があったりして、雰囲気は角張っていない。武器の類《たぐい》も、目に入る範囲にはないようだ。

「ここでおとなしく待っておれ」

二人が通された部屋には、金の縁取りがほどこされた大きな文机《ふづくえ》が据えてあり、巻物みたいなものがその上にたくさん積んであった。紙の巻物ではなく、細い木の札を紐《ひも》で繋いだ巻物だ。木箱もいくつか置いてある。

さっきの女の人が、大きな盆を持ってやって来た。瓶と茶碗《ちゃわん》、木鉢のような器には白くて小さなつぶつぶが盛ってある。

「さあ、召し上がれ」

茶碗に水を注《つ》いで、ピノピに勧めてくれた。

「これ、何ですか」

白いつぶつぶを指して、ピピが訊いた。

「干《ほ》し飯《いい》ですよ」言って、にっこりした。「彼の地では珍しい食べ物なのかしら」

「はい、初めて見ました。手で食べていいんですか」

「そうよ。あら、ごめんなさい。二人とも土埃だらけね。顔と手を洗うものを持ってきましょう」

食べ物を見たら急にお腹が空《す》いてきて、我慢できなくなったピノは、汚れた手で干し飯をつまんでしまいました。

「――どう?」

「ん、まあ旨い」

携帯食糧って感じだけど、なにしろ空腹だし、それなりに食べられる。

女の人が水を満たした器と布を持って戻ってきて、ピノピが手を洗うのを手伝ってくれた。ピノは顔を拭《ふ》いてもらったりして。

「こんなところまで迷子になって来てしまうなんて、いけませんね。あなたたちのおうちでは、お母様が心配しているでしょう」

「はあ、そうかもしれません」

「わたしも許昌に子供を残してきているんですよ。懐かしいわ。どうしているかしら」

涙ぐんだりしています。

「許昌って、遠いんですか」

「ええ、とても遠いの。わたしたちの都です」

「子供さんに会いに帰ることはできないんですか――」

問いかけた途中で、ピピが凍ってしまった。干し飯を食べるのに夢中のピノは、すぐには気づかなかった。

「ピピ姉、どした？」

と訊いたところで、ピノも見た。

優美な仕切りの布の間をすうっと通り抜けて、人がこっちに来る。後ろには兵士が二人ついていて、彼らは仕切りのところで停《と》まり、姿勢を正している。大真面目《おおまじめ》な顔つきからして、護衛なんだろう。

問題の人はさらにピノピに近づいてくる。音もなく、ふわふわと。

それもそのはず、その人、床から十センチばかり浮いているんです。

歳《とし》のころは三十代の半ばくらいだろう。ちょん髷に飾りをつけて、襟のない重ね着のファッションは兵士たちと同じだけど、あちらが軍人ならば、こちらは文官という感じ。衣装も上質で、雅《みやび》っていうんですか。

で、イケメンだった。

「おはよう。君たちコノノから来た迷子なんだって？」

気さくなイケメンだった。

浮遊移動でピノピの前まで来ると、そこに浮いたまんまニコニコする。女の人がさっと後ろに下がり、床に手をついて一礼した。

「カッカ様、失礼いたしました」

「いや、ご苦労。干し飯をあげてくれたんだね」

「はい」

「子供さんだから、甘いものも欲しいだろう。干《ほ》し棗《なつめ》もあげてくれる？」

「はい、すぐお持ちします」

ピノはさっと手を上げた。「そしたらついでに、〈あんまん〉食わせてもらえない？」

浮遊イケメンが吹き出した。

「そうそう、君たち、餡饅頭を追っかけてきたんだってね。そんなに餡饅頭が好き？」

「うん！　すっごく旨い」

「じゃあ、すぐ蒸してあげて」

かしこまりましたと、女の人は素早く去った。浮遊イケメンは嬉しそうだ。

「餡饅頭、コノノの街でも大人気なんだってね。私も鼻が高いよ。あれは貴重な現金収入になるし」

ずっと凍ったまんまだったピピが、ようやく溶けた。ごくりと喉《のど》を鳴らし、口元を震わせる。

「あの、あの」

顔が青くなっている。でも浮遊イケメンは、ピピの様子にちっとも動じない。

「君、そんな顔しないでいいよ。私の様子がちょっと変わってるのはわかってるけど、怖くないから」

そして自分の頭の上を指さした。「これ、綺麗でしょう」

髪飾りのことじゃない。指さしているのは、そのさらに上の空間だ。そこに、うっすらと金色に光る輪っかが浮かんでいる。ピノは、言われなければ気づかなかった。それくらい淡い光の輪だ。

「私も最初は何かなあと思ってたんだけど、個性的だし、それなりに筋が通ってるから、まあいいかと」

あくまでもフランクなイケメンだ。

「あなたが、閣下様ですか」

ぎくしゃくと尋ねるピピに、うんとうなずいた。「餡饅頭を売り出したのは私」

うなずくと、身体《からだ》全体が上下にふわんと揺れる。無重力イケメン。

「ここでいちばん偉いヒト？」

「偉いヒトの一人。私は自分がいちばん偉いと思ってるけど、そう言っちゃうとうるさい向きもあるから」

「軍人なんですよね？」

浮遊イケメンは心外そうに眉《まゆ》をひそめた。

「私は丞相の参謀で、将軍じゃないよ」

「でも皆さん、あなたのことを閣下様って呼んでますよね」

「あ、それ、さっきから聞いてると、発音がおかしいんだ。君たち、思い込みで聞き違いしてるんじゃないかな。私はカッカ様じゃないよ。カ、ク、カ様」

カクカは名前だよ、と言った。

「君たちとはこうして言葉が通じるけど、漢字も読めるのかしら」

浮遊イケメンはまわりを見回して書くものを探し、器の水を指先につけて、床に書いてみせてくれた。

「まっ、いいや。これが手っ取り早い」

〈郭嘉〉

読めない。凝った模様みたいだ。

「君たちも読めない？　アンポ社長も読めないんだよね。でも言葉は通じて会話はできる。この世界、ご都合主義だよねえ」

すみません。

「あのぉ、あのぉ、あのぉ」

ピピはさらに顔色を失って、ぶるぶるが止まらない。

「君、事情を察しているからこそ、そんなに怖がっちゃってるのかな。大丈夫だよ、安心して。私は小さい女の子には興味ないし」

それ、どういう意味だ。

「そうじゃないんです。あの、ここって」

「うん、君の考えているとおり」と、浮遊イケメンの郭嘉様はうなずいた。

「やっぱり」

ピピは手で顔を覆ってしまった。「わあ、とんでもないところに来ちゃった」

「とんでもないところとは、ひどいなあ」

「あ、ごめんなさい！」

いいよいいよと、郭嘉様はふわふわしたまま手を振った。

「私たちも最初は戸惑ったんだ。今もまだ、完全に慣れたわけじゃないし。君たちを連れてきた兵卒も、出会ったときには戦闘モードだったでしょう？」

「うん、斬られるかと思った」

「彼らは見回り役で、呉軍《ごぐん》の間者《かんじゃ》が忍び込んで来るんじゃないかと警戒しているんだよ。この状況では、孫呉《そんご》の方もいろいろ混乱してるだろうから戦《いくさ》を仕掛けてくるはずはないと、私もよく言い聞かせているし、そもそも君たちみたいな子供が間者のわけはないんだけど、なかなか割り切れないんだろうなあ」

お膳立《ぜんだ》てがお膳立てだからさと、ニコニコ言う。ピピもぐったりという顔でうなずいた。

「ええ、お察しします」

「オレ、何もお察しできないんだけど」

「あのね、ピノ」ピピはピノに向き直った。「ここがどこだかわからない？」

「全然」

「ゲームで大人気の世界よ。本物の世界の、昔の中国なの」

まだちんぷんかんぷんのピノに、郭嘉様が教えてくれた。「いわゆる〈三国志《さんごくし》〉の世界なんだよね、ここ」

だからこそ私もいるんだけどと、自分の鼻の頭を指さす。

「ここは〈赤壁《せきへき》の戦い〉のステージでね、本物の世界では二〇八年に起こった戦いなんだ。でも、私はあいにく前の年に病気で死んじゃってるもんだから、この姿なわけ」

光り輝く輪っかをいただき、ふわふわ浮いているイケメン。

「じゃ、あんた幽霊なんだ！」

「でも怖くないでしょ。親切だし」

そして、忘れちゃいけない、ここはボッコニアンなのである。

「人気キャラクターはみんな、本物の世界へ駆り出されて行っちゃってる。ここに残っているのは、私みたいに残念ながら死んじゃってるか、本物の世界でお呼びがないヒトたちばっかりなんだよ」

一般的有名キャラは、大将軍も軍師も参謀も、全員お留守でございます。

「そ。そういうこと」

郭嘉様はケロッとしている。

「ここは、**三国志の二軍の世界**なんだ」

〈二軍三国志〉、第三巻へと続きます。

巻末ふろく トリセツの 突撃！ 宮部みゆきインタビュー

こんにちは！『ボッコニアン』シリーズの読者の皆さん、あらためまして初めまして。わたくしは世界の取扱説明書、縮めて〈トリセツ〉でございます。今回は、『ここはボッコニアン』第2巻の単行本発売（二〇一二年十一月）に合わせて、わたくしが単身、作者の宮部みゆきサンに突撃インタビューを行うことになりました。よろしくお付き合いくださいませ（ぺこり）。

というわけで、わたくしは現在、都内某所にあるミヤベさんの仕事部屋を訪れているのでございますが——

寝ています。


誰がって？　いえですから、ミヤベさんが。

よろしいんでしょうかねえ。平日の昼間から、いい大人があんなふうに寝こけていて。それに、あの妙なかぶりものは何でしょう。毒キノコかしら。それともあれがミヤベさんのパジャマなのでしょうか。

え？　世界の取扱説明書であるわたくしに、わからないことがあるのかとお尋ねでございますか？

そんなの、いっぱいあるに決まってるじゃございませんかぁ。世界は不思議に満《み》ち溢《あふ》れているのでございます。大は宇宙生成の仕組みから、小（極小）はぐうたら作家の睡眠サイクルまで、解けない謎《なぞ》だらけでございます。

――ツンツン。

あら。誰かがわたくしの葉っぱを引っ張っているようですが。

「しぃ、トリセツさん、声が大きい」

おやまあ、「小説すばる」の『ボッコニアン』連載担当のクリハラさんでございます。

「クリハラさん、こんなところで何をなさっているんです？」

「何って、トリセツさんが心配だから、こっそりついてきたんですよ」

「心配とは」

「ミヤベさん、すごくよく寝るヒトなんですよ。毎日八時間睡眠にプラスして、昼寝もばっちり。しかも、寝ているところを起こすとウルトラ不機嫌になるんです」

「では、今日のインタビューは」

「……あれだけ爆睡しているところを見ると、無理でしょうねえ」

ここで気がつきましたが、ミヤベさんは手に何か持ったまま寝ています。

「ああ、PSPですね。先週は3DSでしたけど」

「携帯ゲーム機を握っていないと眠れない性質《たち》なのでしょうか」

「プレイしているうちに寝ちゃったんでしょう。よくあるんですよ」

クリハラさんは、そうっとミヤベさんの手元を覗《のぞ》き込みました。

「ああ、また『タクティクスオウガ　運命の輪』ですね」

「プレイし過ぎて五十肩になったとか言ってませんでしたか？」

「そうなんです。懲りないですねえ」

クリハラさんはニコニコしています。

「わたくしも世界のトリセツ。世界の英知を集めた賢者の一人として、ひとつ疑義を呈したいと思うのでございますが、クリハラさん。いったい、あんなふうによく昼寝をして、しかもしょっちゅう携帯ゲーム機で遊んでいるようなヒトが、ちゃんと原稿を書いて作家業を続けていけるものなのでしょうか」

「それはこの業界の七不思議のひとつなんですよ、トリセツさん」

わたくしは、メモとエンピツを取り出しました。こう記します。
①「小説すばる」寄稿作家は、ナマケモノでも務まる。
「ちょ、ちょっと待ってください、トリセツさん。それは困ります。事実と違いますから。うちの寄稿家の先生方は、勤勉で立派な方ばかりです。ミヤベさんがイレギュラーなんですよ」

「じゃ、どうしてとっととクビになさらないのです？　なぜ連載させているのでしょう」

「それはちょっと……わたしはまだ新人なので、詳しいことは知らされていないんです」

「ミヤベさんに何か弱みを握られているとか」

「とんでもない！　わたし、弱みなんかありませんよ」

「じゃ、編集長が」

「カラオケの音量と頭まわりのサイズが大きい現編集長ですか？　どうかなあ」

「前編集長はいかがです？」

クリハラさんは考え込みました。

「弱みはいろいろありそうなヒトですけどねえ。でも、若いころ、怒った女のヒトに刃物持って追いかけ回されたことがあるって、ケロッとして言ってたことがありますから、ちょっとやそっとオドされたくらいでヘコむタイプじゃないと思いますよ」

わたくしはメモに記しました。

②『ここはボツコニアン』の連載は、作者が勝手にやっている。

クリハラさんが言いました。「編集者は誰も止められないと、追記しておいてください」

しっかり書き留めました。

「それとトリセツさん、ミヤベさんのあのキャラ姿は、毒キノコじゃありません。タカヤマ画伯謹製のコスプレなんです」

「何のコスプレでしょう」

「確か、宇宙人」

そしてクリハラさんは、はにかみながら嬉《うれ》しそうに笑いました。

「わたしもタカヤマ画伯にキャラにしてもらったんですけど、これがまた可愛《かわい》いんですよぉ〜♪　実物が可愛いから当然なんですけども。うふふふふ」

わたくしはこっそり書き記しました。

③『ボツコニアン』の作者と担当編集者は、いいコンビである。

「ところでクリハラさん、〈伝説の長靴の戦士〉という設定はかなり突飛だと思うのでございますが、ミヤベさんは何をどう思ってそんな設定を作ったのでしょう？」

「ああ、それならわたし、聞きました。何でも、もう十年ぐらい前、大阪の読売テレビの深夜番組『最後の晩餐《ばんさん》』のなかに、『白い本』という企画があったそうなんです」

「ふむふむ。白い本」

「はい。レギュラー出演者の皆さん——笑福亭鶴瓶《しょうふくていつるべ》師匠とか、中島らもさんとか、キダ・タローさんとか浜村淳《はまむらじゅん》さんですから、豪華メンバーですよね。その皆さんが、作家が書いた小説の書き出し、冒頭の一行だけをもとにして、その場で即興の小説を作っていくという企画だったそうです」

「それは大変そうですが、面白いですね」

「はい。番組のなかでも人気企画だったそうです。で、ミヤベさんもその依頼を受けて、書き出しの一行を書いた。それが」

——朝、目を覚ますと、枕元《まくらもと》に赤いゴム長靴が
「という一文だったそうなんです」

「その企画では、依頼を受けた作家は、ひとつの作品を書いた上で、冒頭の一行だけを渡すのですか？　それとも、本当に一行だけでよろしいのでしょうか」

「なかにはきちんと作品に仕上げた方もおられたのでしょうが、基本的には、一行だけ書けばいいということだったそうです」

「で、ミヤベさんはあの一行を」

「はい。出演者の皆さんも、その回では大変苦労されたらしいです」

「当然です。無責任きわまりない、書きっぱなしの一行ですね」

ここで、ミヤベさんが寝返りを打ちながら何か大声で言いました。

「浜村淳さんは、『これはいかにもミヤベさんらしい書き出しだ』って喜んでくれたんだぞう！」

「……起きたのでしょうか」

「いいえ、寝てます。ミヤベさんは、はっきりした寝言を言うことでも有名です」

わたくしを創造した作者は、かなり怪しい人物であると判明して参りました。

「でもね、ミヤベさんは当時のことをよく覚えていたんです。楽しい番組でしたし、出演者の皆さんが苦労して小説を作ってくれたことも嬉しかったので、いつか、あのゴム長靴の書き出しの一行から始まるちゃんとした自分の小説を書こうと、ずうっと思っていたそうなんです。ですから『ボッコニアン』は、ミヤベさんの永年のその想《おも》いが実現した作品で」

わたくしは遮《さえぎ》りました。「クリハラさん」

「はい」

「ちゃんとした小説？」

「……はい」

「ちゃんとした小説？」

クリハラさんは目を泳がせました。

ままよ。わたくしはメモのページを繰ります。インタビューに備えて、質問事項をいくつか用意して参ったのです。

とてもまともな質問を。

「『ここはボツコニアン』のテーマは何でしょう？」

「トリセツさん、棒読みになってますよ」

「『ここはボツコニアン』の読みどころはどこでしょう」

「そんな、なげやりにならなくても」

「わたくしトリセツには、これから活躍の場が用意されているのでしょうか」

「今ンとこ、役立たずですもんね」

「クリハラさん」

シャキーン。わたくしの牙《きば》を見て、クリハラさんは逃げ腰になりました。

「ミヤベさんは、テレビゲームをプレイするとき、とても丁寧に取説を読むのだそうです。ですから、トリセツさんも大事なキャラクターとして設定されているはずですよ、きっと」

「それならいいんですが」

「『クリちゃん、ゲームの取説には肝腎《かんじん》なことが書いてないもんなんだよね〜』と言ってたこともありますけど」

シャキーン！

「あ、でも今後の展開は、ちょっと見物《みもの》ですよ！」

逃げ腰になりつつも隙《すき》あらば攻勢に転ずる、クリハラさんはなかなかタフな編集者でございます。

「ミヤベさんは、テレビゲームネタのファンタジーである以上、絶対に避けて通れないのが『三国志』だって言ってました。だから書くはずですよ、三国志」

わたくしは上品に目を剝《む》きました。

「これが？」

寝こけているわたくしの作者を、葉っぱでつんつんいたしました。

「これが書くんですか？　この、鼻ちょうちん出して昼寝しているこのオンナが、恐れ多くも北方謙三《きたかたけんぞう》先生が壮大な中国史作品を連載されているこの『小説すばる』誌上で？」

「……たぶん」

「中国四千年の歴史が泣きますね」

「でもほら、作家はいろんな題材にチャレンジしなくっちゃ。それに『ボッコニアン』の三国志ですから、人気キャラは出てきませんよ。本物の世界でキャラとして大活躍している武将や軍師が、『ボツ』の世界に存在するはずありませんから」

「じゃあ、諸葛孔明《しょかつこうめい》も周瑜《しゅうゆ》も抜き？」

「もちろん」

「で、どうやって三国志を？」

「ですから、『二軍三国志』」

わたくしは目を細めました。嫌な予感にカラダが震えます。

「三国志があるなら、『信長の野望』の可能性も？」

クリハラさんは手を打って喜びました。

「あり得ますよね！　誰で天下統一するのかしら」

誰も知らない無名の武将でしょうね。

わたくしは記しました。
④宮部みゆきは、『ここはボツコニアン』に作家生命を賭《か》けているらしい。
博打《ばくち》は、必ず負けるものでございます。

わたくしはパタンとメモを閉じました。

クリハラさんはどこまでも明るい。「トリセツさん、そんなにがっかりしないでくださいよ。ミヤベさんの野望は、『ボツコニアン』に、いつか公式認定ネタを入れることなんです」

「公式認定ネタ？」

「はい。著名なゲームクリエイターさんから、実在する人気ゲームのボツネタを頂戴《ちょうだい》して、作品に取り入れるんですよ」

「雑誌でさんざん紹介されたのに、結局は製品化されなかったアレとかコレとか？」

「そういうことです。あと、自分で考えたヘンテコなゲームネタも入れるつもりでいるみたいですよ」

「クリハラさん」

「はい」

「お茶を飲みに行きましょう。ちょうど、ケンドン堂で揚げたての黒糖ドーナツを売っている頃合いでございます」

「いいですね〜。そうだ、最近いろいろと忙しくなってきているタカヤマ画伯もお誘いしましょう♪」

　後には、依然ぐうぐう寝ている作者が残りましたとさ。

　こんな『ここはボツコニアン』ですが、今後もどうぞよろしくお願いいたします！

本書は、二〇一二年十一月、集英社より刊行されました。

初出
「小説すばる」二〇一一年九月号〜二〇一二年七月号

宮部みゆきの本

ここはボツコニアン1

〝ボツ〟になったゲームネタが集まってできた、できそこないの世界〈ボツコニアン〉。ダメダメな世界をよりよい世界に変えるため双子のピノとピピが大冒険に出る！　シリーズ第一弾！

集英社文庫

集英社文庫

ここはボツコニアン 2 魔王《まおう》がいた街《まち》

2016年5月25日 第1刷 定価はカバーに表示してあります。

著 者 宮部《みやべ》みゆき
発行者 村田登志江
発行所 株式会社 集英社
東京都千代田区一ツ橋2-5-10 〒101-8050
電話 【編集部】03-3230-6095
【読者係】03-3230-6080
【販売部】03-3230-6393(書店専用)
印 刷 凸版印刷株式会社
製 本 凸版印刷株式会社

フォーマットデザイン アリヤマデザインストア マークデザイン 居山浩二

ISBN978-4-08-745440-6 C0193